Impressum:

Schriftsteller:
Wilfried Hueber
Photographin:
Inge Hueber
Digitale Ausgabe:
März 2018

© 2018
Herstellung und Verlag: BoD – Books on Demand, Norderstedt.
ISBN: 9783746081090

WILFRIED HUEBER

Jagerisches*
Jagderlebnisse mit Humor und g'sunden

Menschenverstand.

Einleitung

Nach meinem Buch Ganz anderscht* hat mich eine Schreibleidenschaft ergriffen, eine Art Exipizionismus, Andere an meinem Leben teilhaben zulassen. Da zurzeit die Jagd einen großen Teil meines Lebens einnimmt, beschloss ich ein Jagdbuch zu schreiben. Da geht es nicht um Ratschläge oder Tipps, es geht in der Hauptsache um Jagderlebnisse im In- und Ausland, ohne allzu großen tierischen Ernst. Ich versuche in einfachen Worten auch für Nichtjäger geeignet zu schreiben. Meine Eindrücke in der Natur, mit seinen Geschöpfen wiederzugeben. Dieses Buch soll einfach nur unterhalten und den einen oder anderen „Schmunzler" hervorzulocken.

Wilfried Hueber, 2018

Der Oanser Bock

Im vorigen Jahr, bei einem gemütlichen „Jagerhoangert" im Weber seiner Stuben, da hat mein Mentor und Jagdfreund der Koller Sepp, mir aus heiterem Himmel einen Oanser Bock zugesagt. Die einzige Bedingung die er daran knüpfte war, dass die Trophäe in Samerskirchen OÖ, bleiben sollte.

Den ganzen Winter über versorgte mich der Sepp, via E-Mail mit Bildern aus seiner Wildkamera, um mich in Tirol über den Stand des Wildes, vor allem der Böcke auch im Bilde zu halten, im wahrsten Sinne des Wortes.

Es waren kapitale Böcke die ich da zu sehen bekam, zwar noch im Bast, aber schon erahnen ließ wie gut sich die Krickeln noch ausbilden würden.

Als endlich Frühling wurde und wir zum ersten Mal im neuen Jahr, gemeinsam in sein Revier aufbrachen, bestätigte mir der Sepp sein Vorhaben vom Vorjahr und meinte nur: „Die Schmidbauerhöh gehört heuer dir, aber wendst an "Roten" schiasst, kann ich a nichts dafür, alles auf deine Verantwortung". Mit einem „Roten" meinte er einen Bock der von der Bewertungskommission des Oberösterreichischen Jägerverbandes mit rot bewertet wird, da er nicht das Alter für einen reifen Erntebock hat.

Meine Freude war riesig, dass der Sepp so viel Vertrauen in mich setzte und mir noch dazu einen „Oanser Bock" überließ. Das konnte ich kaum fassen. Es wurde ein herrliches Frühjahr, jede freie Zeit verbrachte ich auf oder um der Schmidbauerhöh um ja den Wildwechsel genau zu beobachten. Der Sepp hat ein gut gepflegtes Revier und dementsprechend stark war auch das Rehwildaufkommen.

Als im Mai die Jährlinge zum Abschuss freigegeben wurden, habe ich dann einen mit nur einer Stange von der Huberkanzel aus geschossen. Den habe ich auf ca. 150 Meter mit einem gezielten Trägerschuss niedergestreckt. Das beflügelte mich und auch mein Selbstvertrauen in meine Schießkünste wuchs. Als ich dann einige Wochen später einen starken Jährling, den ich für einen schwachen 2-Jährigen hielt erlegte, war mein Selbstvertrauen wieder auf ein gesundes Maß gesunken, der Sepp meinte nur, das kann, sollte aber nicht passieren, Hauptsache der Schuss hat gepasst. Einige Tage später erlegte ich noch einen passenden Jährling und ich konnte es kaum erwarten, dass der

August kam und mit ihm die Schusszeit auf meinen „Oanser- Bock".

In der Zwischenzeit stellten wir noch im „Kettel Gellert", meinem Ausgang in Samerskirchen, einen Jagdhochsitz aus Metall auf. Mein Hauptaugenmerk aber war die Schmidbauerhöh, wo ich immer wieder den besagten von mir auserkorenen „Onser" sah. Einmal zog er nur ca. 50 Meter an der Kanzel vorbei, ich konnte ihn sogar mit dem Handy fotografieren, so nah war er. Ein kapitaler Bock mit gut ausgebildeten, hohen Krucken. Die Temperaturen waren Ende Juli hoch sogar in der Nacht kühlte es nicht richtig ab. Am 31. Juli fragte der Gruber Karl, den ich zufällig auf der „Sunnbank" beim Weber traf, ob ich bei ihm auf einen Fuchs ansitzen will, da ein Weizenfeld bei seiner Kanzel heute gedroschen wurde und gleichzeitig heute Nacht Vollmond ist. Das ergibt einen guten hellen Kontrast beim Anblick. Bis Mitternacht hab ich dann gesessen aber von einem Fuchs war weit und breit nichts zu sehen. Doch die Böcke in seinem Revier waren voll in der Brunft und sie trieben, dass es nur so eine Freude war.

Ich fuhr um Mitternacht nach Haus und legte mich

noch schwache vier Stunden aufs Ohr, ohne dabei wirklich zu schlafen, ich war einfach zu aufgedreht. Dann ging es hinauf auf die Schmidbauerhöh. Sicherheitshalber habe ich im Rucksack eine Jause mitgenommen, denn Entfernungsmesser, Fernglas und Büchse gehören ja sowieso zur Standartausrüstung eines jeden Weidmannes. Leise stieg ich zur Kanzel empor und richtete mich so gut es ging lautlos ein, öffnete die Fenster und blickte in die noch dunkle Wiese hinab. Als der Morgen anbrach und am Horizont die Sonne langsam empor kroch, stieg auch meine Anspannung. Aus dem entfernten Maisfeld kamen einige Rehe recht vorsichtig ins zarte Sonnenlicht, aber kein Bock. Es war ein schöner fast wolkenloser Morgen mit noch angenehmen milden Temperaturen. Nach etlichen Stunden des Wartens ohne den Bock zu sehen, beschloss ich zum Mittagessen nach Hause zu fahren und danach ein kleines Mittagsschläfchen zu machen, da meine Augenlider schwer nach unten zogen. Zuhause angekommen war die erste Frage meiner Inge „und host wos gschossen"? „Nah so schnell geht's a wieder nit". „Dafür isch des Essen fertig" meinte sie lachend.

Am Nachmittag, der Mittagsschlaf hielt mich nicht lange

auf der „Soaf" begab ich mich schon wieder in Richtung Schmidbauerhöh, aber es war wie verhext außer einem jungen Bock der vergeblich versuchte eine Schmalgeiß zu beschlagen, war nichts los. Aber da ich noch keinen Schuss hörte hatten meine Jagdkollegen auch nicht mehr Glück. Gegen Abend zog in der Ferne ein Gewitter auf und das war's für diesen Tag. In der Nacht brach ein heftiges Sommergewitter los und als ich gegen 4:30 aufwachte nieselte es ganz leicht und am Horizont zeichnete sich schon besseres Wetter ab. Durch den nächtlichen Regen waren die Gemüter der Böcke erhitzter geworden. Die Brunft war jetzt im vollem Gange auch „meinen Bock" konnte ich ausmachen aber viel zu weit entfernt. Überhaupt spielte sich das ganze Brunftgeschehen mehr Richtung Huberkanzel ab wie mir schien. An diesen Morgen hörte ich auch schon einige Schüsse aus der Ferne zu mir herauf schallen. Mittags fuhr ich heim zu meiner Inge und wir gingen wie es bei uns Brauch ist an einem Sonntag zum Kurti essen, in die Tausendjährige Linde in Samerskirchen. Der Kurti - selbst ein Jäger - fragte beim Eintreten augenblicklich ob ich schon was geschossen hätte. Als ich verneinte grinste er nur und bediente uns. „A gespritzter Most und a Surbratl" lassen einen die Welt gleich viel schöner erscheinen. Danach einen guten Kaffee und man fühlt sich wie neu geboren. Ich rief den Koller Sepp an ob es in Ordnung wäre wenn ich am nachmittags auf die Huberkanzel wechseln würde. Aber natürlich meinte er, den Schlüssel hast du ja und „an guaten Anblick und Weidmannsheil" wünschte er mir noch. Ich fuhr zum Ortsteil „Hub" hoch und ging zum Hochsitz. Am frühen Nachmittag saß ich also schon wieder in freudiger erwartung auf mein Jagdglück. Ich richtete mich ein, mittels Entfernungsmesser merkte ich mir einige markante Punkte in der Landschaft, um später die Entfernung leichter abschätzen zu können. Doch vorerst passierte gar nichts und die Stunden vergingen, es wehte eine leichte warme Brise, aber genau auf mich zu, was günstig war für mich, da Rehe auch sehr gut „winden" können.

Plötzlich ging es Schlag auf Schlag, ein guter junger vielleicht zweijähriger Bock trieb eine Schmalgeiß aus dem Maisfeld in Richtung zu mir, sie waren in kürzester Zeit im Wald verschwunden. Aber nach heftigem geraschel von Laub und Zweigen im Wald floh er, gefolgt von einem älteren Bock, wieder Richtung

Maisfeld zurück. Ich hatte inzwischen mein Gewehr zum Anschlag gebracht und beobachtete das ganze Treiben nun durch mein Zielfernrohr. Ein stattlicher Bursche, nicht „mein Bock" sondern ein Fremder den ich bis dahin noch nie gesehen hatte. Nach meinem Ansprechen, abgesetzter Träger, lange Lauscherhaare, heruntergeneigte Rosen alles natürlich in einigen wenigen Sekunden registriert und verarbeitet dachte ich mir, der passt. Ich beschloss ihn zu erlegen, besser den Spatz in der Hand als die Taube, eh schon wissen. Ich zielte aufs Blatt, ein wenig höher, da ich die Entfernung auf 140 Meter schätzte und meine 30-06er auf 100 Meter eingeschossen ist und drückte ab. Der Schuss brach, der Bock zeichnete stark und sprang ab, er flüchtete zurück in Richtung Wald.

Jetzt begann die schlimmste Zeit bei der Jagd, das Warten und Überlegen. Habe ich ihn auch gut und richtig getroffen, brauche ich einen Hund zur Nachsuche und vor allem, passte er? Das sind Fragen über Fragen die mir und wahrscheinlich allen anderen nicht so erfahrenen Jägern durch den Kopf gehen. Das sind immer die Augenblicke der Unsicherheit und Zweifel. Ich packte meine Jagdutensilien zusammen und beschloss nach 5 Minuten, länger hielt ich es nicht mehr aus, die Nachsuche zu beginnen. Man sollte 10 bis 15 Minuten warten um dem erlegten Tier ein ruhiges Dahinscheiden zu ermöglichen.

Am Anschusspunkt war ein großer Fleck dunklen Schweißes zu sehen, aber weit und breit kein Bock. Ich ging in die Richtung in der ich ihn vermutete, denn im kniehohen Gras fand ich keine weiteren Spuren. Am Waldrand angekommen, lag der Bock im Gebüsch genau dort wo ich ihn vermutete. Jetzt hatte ich Zeit ihn mir genau anzusehen, alle Zeichen deuteten auf einen passenden Bock hin. Jetzt war die Freude groß bei mir ich rief meinen Gönner den Sepp an, damit er auf der anderen Seite mit seinem Geländewagen herauffuhr. Andernfalls müsste ich, ihn die ganze Strecke bis Hub hinaufschleppen. Ich steckte dem Bock andächtig seinen letzten Bissen in den Äser, da hörte ich auch schon den Geländewagen vom Sepp den Hügel herauffahren. Es dauerte nicht lange und der Sepp kam schon um die Waldbiegung gefahren. Als er ausgestiegen war und den Bock vor mir liegen sah meinte er nur „Weidmannsheil" und überreichte mir ganz traditionell den Schützenbruch. „Weidmannsdank und moansch er passt"? „Wenn nicht ist es jetzt doch zu spät" meinet er lachend. Ober i glaub der kannt passen. Als er ins Gebiss hineinblickte runzelte er nur die Stirn und meinte „das weard knapp mit dem Alter. Aber itz kunsch decht nichts mehr ändern". Beruhigend fügte er hinzu „weard schon alles guat gian". Er half mir bei der roten Arbeit, den Bock aufzubrechen und dann fuhr er damit zu sich nach Hause wo wir uns dann wieder trafen und da gab es von der Magdalena, dem Sepp seiner Frau ein „guates Schnapserl" zum Anstoßen. Der Bock wurde am Abend noch anständig totgetrunken, wie es sich gehört. Doch im Oktober stellte sich heraus dass er leider doch nicht passte, er wurde mit vier Jahren und damit rot bewertet. Aber so ist das bei der Jagd, es passieren in der Eile einfach Fehler. Somit bleibt nur noch der Spruch, wer ohne Süde ist der werfe den ersten…...

Wildschadenbekämpfung

So nennen findige Jagdanbieter in Ungarn den Ansitz auf Schwarzwild im Sommer. Wir, das heißt mein Freund Schmolz Sepp und ich, fuhren zu diesem Zweck im Juli nach Ungarn. Es war außergewöhnlich heiß in diesem Sommer, daher wurde unsere Fahrt mit dem neuen Auto vom Sepp trotz Klimaanlage sehr anstrengend. Aber der Sepp ist eine Frohnatur und da gibt's immer was zum Lachen. Wir fuhren nach Magyar Nandor in Ungarn, dort erwartete uns der Gabor, ein Pirschführer vom Veranstalter Zoltan Nagy, den alle nur Zoli nennen. Der Sepp kennt ja alle Pirschführer und so fiel die Begrüßung recht herzlich aus. Gabor sagte, wir sollen ihm mit dem Auto zur Jagdhütte Nimrod folgen. Es war ein schlechter Weg, sogar für einen Geländewagen war es recht ruppig. Wir mussten über eine Bach-Furt in der einfach etwas mehr Schotter lag. Bei der Jagdhütte Nimrod angekommen wurden wir von anderen Jägern die schon dort waren begrüßt. Es waren zwei Vorarlberger und ein Bayer dabei, ein Metzgermeister mit einer recht stattlichen Figur. Wir richteten uns im Zimmer ein und gingen anschließend auf die Terrasse um zu erfragen wie die Aussichten waren. Die drei waren schon zwei Tage da und hatten auch noch nichts gesehen was die Schwarzkittel betraf. Sie erzählten das sie immer bis 24:00 sitzen und dann schlafen gingen und um Vier wieder rausfahren bis gegen acht Uhr morgens. Das konnte mich nicht überzeugen, da war mir der Aufwand zu groß für die paar Stunden Schlaf und dem Krawall den der Geländewagen im ganzen Revier machte. Ich erklärte dem Gabor dass ich die ganze Nacht sitzen bleibe und er mich einfach in der Früh mit einsammeln konnte. Das leuchtete den andern auch ein, nach kurzer Beratung erklärten sie, es heute Nacht auch so zu machen. Nach dem frühen Abendessen, so gegen siebzehn Uhr richteten wir uns zusammen. Taschenlampe mit Rotlicht fürs Gewehr, Fernglas, genug zum Trinken und alles was man sonst noch für einen langen Nachtansitz so braucht. Der Gabor holte uns ab und wir wurden ins Revier gefahren, ich bekam als letzter meinen Ansitz. Jetzt muss ich noch berichten dass der Sepp selbstständig auf einen

Rehbock pirschte und daher nicht mit uns die ganze Nacht sitzen würde. Mein Hochsitz war inmitten einer niederen Baumgruppe, rechts ein Wildacker mit Hafer und eine große Wiese, weiter hinten ein junger Laubwald. Der Platz erschien mir ideal, die Sonne brannte noch heiß herunter und ich war froh genügend Trinkwasser mitgenommen zu haben. Ich richtete mich ein, damit ich in der Dunkelheit alles griffbereit hatte und montierte deshalb die kleine Lampe mithilfe einer speziellen Vorrichtung auf das Zielfernrohr. Langsam ging die Sonne im Westen unter, diese Reviere in Ungarn sind anders als bei uns da gibt es keinen Autolärm, keine Wanderer oder Jogger. Mit der Dunkelheit kehrt die Ruhe ein. Hinter dem Wildacker, an der Waldgrenze war noch ein Streifen mit Wiese, da zog eine Rehgeiß mit ihren Kitzen gemächlich daher. Es war ein friedlicher Anblick gut zu beobachten wie sie so grasend beieinander standen. Nach einiger Zeit verschwanden sie wieder im dichten Gebüsch. Es wurde zusehends dunkler, da tauchte ein Hirsch aus dem Wald auf, ein Junger mit einem noch geringen Geweih und wie ich mein Fernglas hebe um ihn anzusprechen erscheint dahinter ein alter kapitaler Hirsch. Ein

Zwölfender mit einer guten Krone an der linken Stange. Sie ästen jetzt unweit voneinander und zogen dann gemächlich in den Laubwald der an dieser Stelle nicht so dicht war ein. Diese zwei Prachtexemplare waren keine 130 Meter von mir entfernt. So einen Anblick hat man auch nicht alle Tage. Dieser Ansitz hat schon mal gut begonnen, mal sehen was diese Nacht noch bringt. Da wir noch fünf Tage bis Vollmond hatten wurde es nicht richtig dunkel, der Mond leuchtete die Wiese und den Acker doch ganz schön aus, alles war ruhig und verlassen. Für mein Gefühl zu ruhig. Die Stunden vergingen, plötzlich hörte ich einen Schuss aus der Richtung der Vorarlberger Jäger, nach einiger Zeit einen zweiten Schuss. Dann kehrte wieder Stille ein. In einem abgelegenen Hof bellte ein Hund, sonst nichts. Ich beobachtete die Umgebung und sann meinen Gedanken nach. Was einem da alles durch den Kopf geht wenn man so die ganze Nacht Zeit hat, ist unglaublich. Ich blickte auf die Uhr es ging so gegen Mitternacht, ich war noch überhaupt kein bisschen müde. Die Sterne und der Mond schauten auf mich herunter und alles war ruhig. Da hörte ich in einiger Entfernung einen Hund bellen und dann raschelte es ziemlich laut im unteren Bereich des Wildackers, das Geräusch kam rasch auf mich zu und im Mondlicht sah ich wie ein dunkles Etwas den Acker in meine Richtung durchlief. Der Größe nach ein Überläufer mit etwa 60 Kilo, ich hatte das Gewehr, meine 30-06 schon beim ersten Geräusch an meine Schulter genommen und entsicherte sie jetzt. Als der Überläufer in etwa auf meiner Höhe war, betätigte ich mit meinem Daumen die Lampe und das Rotlicht bestätigte mir meine Annahme. Ich zielte auf den Träger – leicht vorgehalten fürs Blatt und drückte ab. Ein kurzes Grunzen und ein Scharren der Läufe, das war alles was ich hörte. Ich repetierte und wartete schussbereit. Trotz des Mondlichtes und meiner kleinen Taschenlampe konnte ich nichts mehr sehen vom Überläufer. Nach fünf Minuten der Stille stieg ich von der Kanzel um Nachschau zu halten. Die Entfernung war ca. fünfzig Meter gewesen und da begann ich die Nachsuche. Das Gewehr mit dem Licht im Anschlag ging ich vorsichtig in die Richtung wo ich ihn vermutete. Nach kurzer Suche lag der Überläufer-Keiler vor mir im Acker. Ich musste mich jetzt beeilen, bei den Temperaturen musste der Überläufer schnell aufgebrochen werden. Doch zuerst rief ich wie vereinbart Gabor an, damit er den

Überläufer abholt. Das war meine erste Wildsau, die ich erlegt hatte. Ein wenig stolz war ich schon, denn der Schuss hatte gut gepasst und das ist die Hauptsache, damit man dem Tier nicht unnötige Schmerzen zufügt, das hatten mir meine Lehrmeister als allererstes beigebracht. Als ich den Geländewagen hörte, leuchtete ich mit der Lampe, damit Gabor mich und den Überläufer leichter findet. Nach einem Weidmannsheil vom Gabor legten wir gemeinsam den Überläufer auf die Ladefläche und fuhren zum Jagdhaus zurück. Wir versorgten den Keiler und ich wollte jetzt nur noch schlafen, denn für heute Nacht hatte ich genug gejagt und es überkam mich auch die Müdigkeit. In der Hütte wartete der Sepp und gratulierte mir. Jetzt war es nach zwei Uhr und für diese Nacht war's das, ich schlief wie ein Baby. Am nächsten Morgen gab es schon ein reges Treiben vor der Hütte. Die anderen Jäger hatten jetzt endlich auch ihren Abschuss gehabt. Es wurde erzählt und gelacht denn es war ihre letzte Jagdnacht gewesen. Der Fahrer des Trios war schon im Bett um bis Mittag ausgeruht die Heimfahrt anzugehen. Es gab ein reichliches Frühstück, danach wollte ich mich nochmal aufs Ohr hauen um fit zu sein für abends, doch da hatte ich die Rechnung ohne den Sepp gemacht, „iatz wearsch no zum Saujaga gschlogn". Ich hatte von dieser Tradition gehört konnte mir aber nichts darunter vorstellen. Mein Keiler wurde aus dem Kühlraum geholt, dann musste ich mich darüber bücken, dann hielt der Schmolz eine humorige kurze Rede über meinen Werdegang als Jäger und jetzt speziell als richtiger Saujager. Danach bekam ich mit einer Rute von jedem anwesenden Saujager eine über dem Hintern gezogen. Wobei sie nicht wirklich zimperlich vorgingen. Das war's, jetzt gehörte ich dazu. Darauf wurde noch kurz angestoßen und viel gelacht. Ich legte mich später – als die anderen abgereist waren – noch auf die Liege und verdöste so den Rest vom Nachmittag. Vom zweiten Nachtansitz an einem heruntergekommenen Maisacker gibt's nicht viel zu berichten da sich die ganze Nacht nichts tat. Der Sepp hatte in der Früh sein Weidmannsheil. Er hat einen Bock geschossen – einen geperlten Sechser mit recht geraden Krickeln. Der Tag wurde verschlafen und auf der Veranda verdöst. Am späteren Nachmittag wurde am offenen Feuer gegrillt. Der Zoli kam auch vorbei und fragte wie es gestern so war am Ansitz. Nach meinem kurzen Bericht sagte er zum Gabor, bei der Suhle sind gestern viele Sauen und Überläufer mit der Wildkamera fotografiert worden, ich sollte es da versuchen. Nach dem Grillen das übrigens ausgezeichnet schmeckte, ging es los. Ich bekam einen Ansitz auf einem Baum, nur eine kleine Plattform mit ca. einen m² da richtete ich mich ein. Der Ansitz war eigentlich für Bogenschützen und deshalb musste ich am Boden sitzen und meinen Rucksack und die restliche Bekleidung vor mich hinlegen um eine Gewehrauflage zu bekommen. Die Lampe hatte ich wieder aufs Gewehr montiert denn diesmal saß ich mitten im Wald und da wird das Mondlicht auch nicht mehr viel ausleuchten. Die Suhle war etwa vierzig Meter vor mir. Es wurde langsam finster. Die Pobacken wurden schlecht durchblutet und so schlief mir der Hintern ein, wie man landläufig dazu sagt. Das Mondlicht schien leicht durch die Zweige der Bäume, aber das würde nicht ausreichen für einen sicheren Schuss, da würde wieder meine kleine Lampe herhalten müssen, wenn es überhaupt zu einem Schuss käme. Die Jagdhelfer hatten Mais vor der Suhle ausgelegt und später am Abend konnte ich noch sehen wie ein Schmalreh an diesen Maiskörnern herumknabberte. Je weiter der Mond seine Bahnen zog umso dunkler wurde es, weit nach Mitternacht überkam mich die Müdigkeit. Ich bin für einige Zeit eingeschlafen und wurde wach als irgendetwas über mein Gesicht fuhr. Vor lauter Schreck pochte mein Herz wie verrückt, ein Siebenschläfer war über mein Gesicht gelaufen und an einem Ast vor mir sitzengeblieben. Ich erkannte ihn an seinem buschigen Schwanz im Widerschein des Mondes. Da beruhigte sich mein Pulsschlag, ich war mit einem Schlag wieder frisch und munter. Die Nacht verging und von einer Wildsau oder gar einer ganzen Rotte war nichts zu merken. Es begann schon leicht das Grau des Morgens abzuzeichnen, da hörte ich wieder so ein knabbern, ich schaute in die Richtung der Suhle konnte aber nichts erkennen, immer wieder so ein knabbern. Ich versuchte es mit der Lampe aber auch da nichts. Aber ich täuschte mich nicht es war deutlich zu hören. Durch die Optik meines Gewehres erkannte ich plötzlich die Streifen (Zügel) von der Schnauze eines Dachses. Der Rest war durch einen Ast verdeckt, dahinter war ein großer „Widhaufen". Ich beobachtete den Dachs weiter wie er gierig die Maiskörner fraß. Ich stach mein Gewehr ein und wartete bis er sich weiter herauswagte und da habe ich dann geschossen. Da ich nichts mehr vom Dachs sehen konnte, wartete ich darauf dass es einigermaßen hell wurde um den Dachs zu suchen. Nach geraumer Zeit war es soweit, ich stieg

Zoli und Schmolz beim „Saujager" schlagen!

vom Baum und ging zum Anschuss um Nachschau zu halten. An der Anschussstelle war viel Schweiß zu sehen und die Schweißspur führte geradewegs in den Widhaufen. Ich begann die Äste wegzuräumen aber es waren einfach zu viele, er hat sich in den Widhaufen so verkrochen den konnte nur ein Hund herausholen. Ich ging zurück zur Straße und wartete bis Gabor kam um mich abzuholen. Nach einer kurzen Erklärung versprach mir Gabor den Dachs am Nachmittag zu suchen. Ich konnte leider nicht dabei sein da wir nach dem Frühstück wieder zurück nach Samerskirchen fuhren. Sepp meinte noch den findet der Gabor sicher. Wir fuhren am späten Vormittag zurück aber ich habe die meiste Zeit geschlafen. Gott sei Dank war der Schmolz ausgeschlafen und brachte uns beide sicher wieder zurück nach Oberösterreich. Vom Gabor hab ich telefonisch erfahren dass er den Dachs mit seinem Hund am Nachmittag gefunden hat.

A Fuchsansitz im Winter

Der Weber von Samerskirchen hat mich an einem Samstagmorgen Ende Jänner angerufen denn in seinem Revier stöbert seit einiger Zeit ein Fuchs umher. Er hat gemeint er spürt, laut Fährten, jetzt noch einen zweiten Fuchs vermutlich eine Fähe. Er hat sich im Jänner schon dreimal angesessen bis um Mitternacht aber er ist immer zu weit von seinem Ansitz entfernt vorbeigeschnurrt. Da der Mond in zwei Tagen voll war und dann recht gutes Büchsenlicht zu erwarten war, bin ich trotz Eiseskälte von Tirol nach Samerskirchen gefahren. Kaum angekommen hab ich erstmal Feuer gemacht denn im Haus war es saukalt. Anschließend bin ich zum Weber, nach genauen Instruktionen hab ich mich dann so gegen 19:30 auf seiner Zweibeinkanzel eingerichtet und auf einen langen und kalten Ansitz eingestellt. Der Weber hat unweit der Kanzel einen überfahrenen Hasen als Luader (Köder) im Acker eingegraben. Der Mond leuchtete leider sehr schwach, da dünne Wolken ihn verschleierten, selbst auf der durchgehenden Schneedecke konnte man kaum etwas ausmachen. Die Zeit tröpfelte langsam dahin, mir wurde zusehends kälter, das Thermometer ist weit unter dem Gefrierpunkt gesunken. Wenn sich so gar nichts tut vergeht auch die Zeit nicht, so hing ich meinen Gedanken nach. Es wurde noch kälter und ich wollte schon abbrechen, da zog von rechts ein dunkles Etwas rasch auf mich zu und war auch schon wieder verschwunden. Ich blickte noch durch das zweite Fenster nach, aber so schnell wie der Schatten, vermutlich ein Fuchs, gekommen ist, war er auch wieder verschwunden. Ich wartete noch aber die Kälte hat mich dann doch nach Hause getrieben. Da das Haus im Winter unbewohnt ist braucht es meist einen Tag um es aufzuwärmen, deshalb schlief ich in der Stube neben dem Herd und trotzdem bin ich in der Früh vor Kälte wach geworden.

Am Vormittag bin ich dann zum Weber rüber-gefahren und berichtete ihm was ich gesehen habe. Er meinte noch dass es heute klarer und damit heller sein wird und da könnte man den Fuchs besser ausmachen. Ich war den ganzen Tag damit beschäftigt das Feuer im Herd in Gang zu halten damit es erträglicher wurde im Haus. Am Abend setzte ich mich wieder auf die Zweibeinkanzel, es war klarer aber auch empfindlich kälter. Schon bald wurde mir in den Zehen kalt und auch die Finger wurden klamm vor Kälte. Die Sicht war besser und so verging die Zeit, langsam sehr langsam. Es tat sich leider absolut nichts. Als ich vor Kälte zu schlottern begann, beschloss ich abzubrechen. Ich zitterte am ganzen Körper, der Abstieg von der Kanzel war recht mühsam, aber am schlimmsten war die Rückfahrt mit dem Auto. Ich bekam vor lauter Kälte nur einen kleinen Fleck der Windschutzscheibe frei und den auch nur bis ich im Auto saß. Denn jetzt fror die Scheibe von innen zu, ich schaffte es da es nicht weit war und auf der Straße kein Verkehr war, doch unfallfrei bis zum Haus. Da setzte ich den Herd wieder in Betrieb, ich hatte vorsorglich zwei Kohlen hineingegeben und deshalb war noch Glut im Herd. Ich legte Holz nach, die Scheiter fingen rasch Feuer. Der Schüttelfrost wurde besser, ich schlüpfte unter das Bett, aber es dauerte bis ich mich aufgewärmt hatte und endlich einschlief.

Am nächsten Morgen beschloss ich die Fuchsjagd einzustellen. Ohne Fuchs aber um eine Erfahrung reicher, man kann nichts erzwingen beim Jagen, kehrte ich nach Tirol zurück. Der Weber hatte dann zwei Tage später mehr Glück, er hat den Fuchs am frühen Abend erlegt.

Jagdweisheit

In der Jagd sowie im Leben
solltest du stets dein Bestes geben;
Denn nur wer stets sein Bestes gibt
der ist anerkannt und auch beliebt.
Nicht nur der Jagderfolg allein,
darf einem in erster Linie wichtig sein;
Sondern gute Freundschaft und Vertrauen,
lässt einen frohen Herzens,
in die Zukunft schauen;

Mei Muffelwidder

An einem späten Nachmittag im August, bei der Streckenlegung der Böcke am Luxbauernhof, kam auch mein Jagdfreund Schmolz Sepp vorbei um sich die Böcke seines Nachbarrevieres anzusehen. Der Sepp ist Jagdpächter des Lindert-Reviers das einem Grafen gehört, deshalb nennt man ihn auch den Herr-schaftsjäger. Es war wie schon der ganze Sommer außergewöhnlich warm. Nach den Fotos und der Beschau ging es zum gemütlichen Teil der Veranstaltung über. Da kam ich dann quasi Visasvis vom Sepp zum Sitzen und da wir schon gemeinsam in Ungarn zur Wildschadensbekämpfung waren, das ist ein Ansitz auf Schwarzkittel im Sommer, hatten wir auch sofort ein gemeinsames Thema zu besprechen. Im Laufe des Abends erzählte er, dass er im September wieder eine Partie Jäger für die Hirschbrunft in Ungarn zusammenstellt, ein bunt zusammengewürfelter Haufen aus dem Bezirk Schärding. Er fährt schon seit Jahren nach Ungarn immer zum selben Jagdveranstalter, Nagyvad Hunting, mit dem er immer gut auskam und im Laufe der Zeit entwickelte sich eine richtige Freundschaft zwischen dem Chef Zoltan und dem Sepp. Da ich vor einigen Jahren meinen „Lebenshirsch" in Ungarn erlegt habe, zeigte ich kein Interesse an dieser Unternehmung. Doch der Sepp meinte nur „gehst halt auf was anderes auf die Pirsch". „Mei Ziel für heuer wär a Muffelwidder, geht das auch, do unten"? „Ober sicher, do gibt's a eigenes Revier, do hun i a schon oan erlegt". Ich bekräftigte meine Absicht und er solle mir Zeit und Preis per Telefon nennen. Es wurde noch ein gemütlicher Abend in dieser herrlichen milden Sommernacht. Es vergingen ein paar Tage da erschien der Sepp mitsamt Jagdunterlagen bei mir im Jagerhäusl von Samerskirchen. Der Sepp ist ja schon sicher über 20-mal in Ungarn auf der Jagd gewesen und was er sagt, das passt auch. So vereinbarten wir die Jagd und ich freute mich schon auf den September. Am 17. September ging es los, der Sepp hatte einen Kleinbus gemietet und holte mich mit zwei Jagdkollegen so gegen 05:00 in Samerskirchen ab. Ich hatte auf sein Anraten hin wenig Gebäck eingepackt, da wir zu acht waren und es deshalb eng werden könnte. Weiter ging es nach Eggerding, wo die Nächsten zustiegen. Der Rest der Truppe stieg in der Nähe von Ried zu und so begann die Reise eigentlich erst kurz nach sechs Uhr morgens. Eins muss ich noch erwähnen, in dem Kleinbus saßen 8 Personen, davon hießen vier Johann und drei Josef also wer da wie hieß, weiß ich bis heute nicht, ich sagte zu jedem einfach nur Hans außer zum „Schmolz" zu dem sagte ich Sepp. Das machte aber keinem was aus, im Gegenteil es wurde eine riesige Hetz daraus. Genau zu dieser Zeit kamen viele syrische Flüchtlinge über die ungarische Grenze nach Österreich, deshalb waren die Grenzkontrollen recht genau und so dauerte es einige Zeit bis wir über die Grenze kamen. Dann ging es wieder flott dahin und zu Mittag waren wir schon in Bank und speisten dort zu Mittag. Dorthin kam auch der Jagdveranstalter der Zoltan Nagy. Es wurden die genauen Modalitäten festgelegt, der Preis, die Unterkunft, die Pirschgänge usw. Anschließend fuhren wir zu unseren Unterkünften, die vier Jäger aus der Rieder Umgebung kamen gemeinsam in eine Pension und wir vier „Schärdinger", ab jetzt wurde es mit den Namen einfacher nur ein Sepp und deshalb zwei Johann bezogen in einem anderen Revier nämlich Penz, eine private Unterkunft. Der Vermieter, Laszlo, war lange Zeit in Wien im Gastgewerbe tätig gewesen und sein gebrochenes deutsch mit Wiener Dialekt war lustig zum Anhören. Die Unterkunft war in Ordnung für vier Nächte, der Laszlo kochte auch für uns und das recht gut. Am Abend sollte es losgehen mit der Hirschjagd, ich hatte ausgemacht dass ich am Abend und in der Früh mitfahre und mich auf Schwarzwild ansetze und unter dem Tag auf Muffelpirsch mit Arkosch unserem Pirschleiter gehe.

Wir brachen am Abend nach einem kräftigen Mahl so gegen 18:00 Uhr auf, es war recht warm für die Jahreszeit. Für mich zum Ansitzen auf Wildschweine angenehm aber für die Brunft der Hirsche war es nicht das Richtige. Ich richtete mich auf einem Hochsitz, den mir der Arkosch zuwies, gemütlich ein und wartete. Es war eine drei Meter breite Schneise im Wald, in der ein Futterautomat zur Kirrung in ca. 70 Meter Entfernung angebracht war, aber ich glaube er wurde schon länger nicht befüllt. So verging der erste Ansitz ohne jedwede Sichtung von irgendwelchem Wild. So gegen zehn Uhr wurde ich wieder abgeholt und es ging zurück zu unserer Unterkunft. Als wir wieder gemeinsam dort ankamen wurde natürlich jede Beobachtung erzählt und besprochen, auch wurden einige Flaschen Bier geleert und dazu gab es eine gehörige Jause. Ich muss dazu noch sagen dass ich kein großer Biertrinker bin deshalb hielt ich mich an den Weißwein den der Laszlo zur Entnahme bereitgestellt hatte und der schmeckte vorzüglich. Daher nahm ich mir vor, dass ich am nächsten Tag mehr davon ordern werde. Es war ein netter Abend und da wir um 04:30 Uhr wieder aufstehen mussten gingen wir nicht allzu spät ins Bett. Ich schlief überraschend gut aber die Nacht war kurz. Am Morgen herrschte große Hektik im Badezimmer. Die Wäsche war mir nicht so wichtig aber ich versuchte in Ruhe die Kontaktlinsen auf die Pupillen zu bringen. Das war nicht so einfach. Aber der Arkosch und seine Helfer kamen und es ging schon los Richtung Jagdrevier. Diesmal bekam ich einen Platz an einem Maisfeld, doch auch diesmal rührte sich kein Schwarzkittel in meiner Nähe. Von weitem konnte ich das Röhren der Hirschbrunft verfolgen. Rasch wurde es heller und die Sonne stieg unaufhörlich in den Himmel, es wurde vermutlich ein heißer Tag. So gegen acht Uhr dreißig hörte ich den Geländewagen von Arkosch herankommen. Der Sepp grinste mich an, deshalb fragte ich den Sepp „hobts wos gsehen oder gor gschossen"? „Na gheart scho ober mir san nicht so weit zuakommen". „Jo wos grinst denn nocha so"? Weil I kun iatz frühstücken und mi anschliessend a bisserl aufs Ohr legen und du kunscht den ganzen Tog no dem depperten Widder nochpirschen" und lachte. So kam es dann auch, nach einem kräftigen Frühstück kam der Arkosch und schon ging es ins Revier zur Muffelpirsch. Wir fuhren in die entgegengesetzte Richtung wie am Morgen. Der Arkosch erklärte mir bei der Anfahrt, dass es heute schwierig wird da es sehr warm für die Jahreszeit war und die Mufflon da lieber im Wald sich ausruhten, aber wir werden sehen und ich sollte stets bereit sein da es oft sehr schnell gehen muss. Wir kamen zu einem Gatter das er aufschloss und hinein fuhr. Die Mufflons lebten hier auf beinahe vierzig Quadratkilometer eingezäunt und geschützt vor den andern Wildtieren, hauptsächlich vor den Wildschweinen, erklärte er mir. Wir stellten den Geländewagen ab und die Pirsch begann. Nach ca. zwei Stunden sahen wir ziemlich entfernt einige Tiere die uns aber schon aus der Ferne ausmachten und flohen.

Unsere Pirsch ging immer durch einen Eichenlaubwald und die trockenen Blätter auf dem Boden raschelten bei jedem Schritt und da war es unmöglich auch nur in die Nähe einer Herde zu kommen. Am Nachmittag kamen wir zu einem Hochsitz auf den wir stiegen, dann begann das Warten. Arkosch deutete auf eine Tränke in 70 Meter Entfernung und dahinter auf 120 Meter eine Fütterung mit Heu. Er meinte nur „vielleicht haben wir Glück", mit der Zeit wurde es richtig warm unter dem Holzdach. Arkosch hatte vorausschauend für jeden eine kleine Flasche Mineralwasser mitgenommen und die war jetzt nach der ganzen Strecke die wir gepirscht sind auch notwendig. Man glaubt es kaum wie gut so ein Mineralwasser schmeckt wenn man nur durstig genug ist. Ich begann langsam vor mich hinzudösen und wäre beinahe eingeschlafen als mein Pirschführer mich am Arm zupfte und Richtung Futterkrippe deutete. Dort waren gerade hintereinander drei gewaltige Widder angekommen. Einer davon könnte passen meinte Arkosch als er sie durch sein Fernglas beobachtete. Der letzte gefiel mir von den Hörnern am besten aber der machte noch einen sehr jungen Eindruck auf mich, und Arkosch meinte dazu nur „das ist Nachwuchswidder, ist zu gut, den darf man nicht schießen". Der Älteste nach meiner „Ansprache" könnte passen, aber Arkosch wollte das ganze wegen dem Preis, da der Widder vielleicht mehr als 70cm Schnecken hatte, mit Soltan klären. Er versuchte telefonisch mit dem Chef in Verbindung zu treten, wegen der eventuell zu große Trophäe und wer sollte dann den Mehrpreis zahlen und wieviel mehr. Doch er erreichte ihn nicht. Ich visierte den besagten Widder an um bereit zu sein wenn es soweit wäre. Doch als hätten sie es geahnt begannen die drei immer wieder im Kreis herumzulaufen und der am ehesten in Frage kam, war immer von einem anderen verdeckt. Das Telefon vom Arkosch vibrierte und Zoltan war daran, nach kurzer Beschreibung der Situation, auf ungarisch natürlich, meinte Arkosch der ginge in Ordnung um unseren Preis den wir vereinbart hatten. Jetzt wurde es ernst. Ich versuchte den besagten Widder ins Fadenkreuz zu bringen tief am Blatt. Aber das Karussell mit den dreien drehte sich unaufhörlich weiter. Der richtige war ständig verdeckt, oder einer stand unmittelbar hinter ihm, das ging sicher so an die zehn Minuten. Da strömte auf einmal eine ganze Herde zur Tränke und zur Futterstelle- lauter junge Schafe und

Lämmer und einige Jungwidder. Das war den Dreien zu laut, die drei Junggesellen flüchteten in den nahen Laubwald, und die Chance war vertan. Da es schon später Nachmittag war meinte der Arkosch „vielleicht morgen mehr Glück" und wir fuhren zurück nach Penz zu unserer Unterkunft wo schon das Abendbrot auf uns wartete. Der Abendansitz war für alle wenig ergiebig, einigermaßen betrübt war auch die abendliche Jause auf unserer Veranda, aber wir hatten ja noch Zeit und in der Nacht kam ein starkes Gewitter und es regnete endlich. In der Früh derselbe Stress wie am Vortag. Als ich am Ansitz war hörte ich ein rascheln und grunzen aber leider konnte ich nichts sehen und als der Tag anbrach in einem schönen Morgenrot war der Spuk vorbei und alles wieder ruhig. Von Fern hörte ich einige Hirsche röhren, hoffentlich hatten die Kollegen mehr Glück bei der Jagd. Doch leider war es nicht so. Der Sepp kam zurück aber ohne Jagderfolg, aus der Ferne hatte er einen Hirsch beobachtet aber er hat nicht gepasst von der Größe her. Das Frühstück schmeckte wieder ausgezeichnet, dann ging es schon wieder zur Muffelpirsch.

Leider war der Regen schon wieder aufgetrocknet vom

nächtlichen Gewitter und das Eichenlaub raschelte schon wieder obwohl wir sehr vorsichtig waren. An diesem Tag kamen wir nie auch nur in die Nähe einer Herde oder eines einzelnen Muffel. Rasch wurde es Zeit für das Abendmahl, das baute mich wieder auf, es wurde viel gelacht und gescherzt. Beim Abendansitz hörte ich einen Schuss und die Hoffnung stieg auf den ersten Abschuss. Als Arkosch und der Sepp zurückkamen hatten sie keinen Schuss gehört. Als wir zur Unterkunft zurückfuhren meldete sich einer der anderen Pirschführer telefonisch und sagte der Johann hätte einen kapitalen Hirsch mit ca. 8 Kilogramm geschossen. Es war ein richtiger kapitaler 14 Ender mit schönen Kronen der wurde natürlich kräftig gefeiert und totgetrunken wie es sich gehört. Den Morgenansitz hab ich ausgelassen um mich einmal auszuschlafen, das hatte auch mit der abendlichen Feier zu tun. Jetzt konnte ich einmal gemütlich frühstücken mit dem Schützen des Hirsches vom Vortag und alles in Ruhe vorbereiten. Das war heute der letzte Tag für die Muffeljagd. In der Nacht hatte es ergiebig geregnet und auch noch in der Früh. Heute fühlte ich mich endlich einmal richtig ausgeschlafen und freute mich schon auf die bevorstehende Pirsch mit Arkosch. Es war wie immer, der Arkosch lieferte den Sepp und den Hans ab und hatte es schon eilig wieder ins Revier zu kommen. Dort angekommen begannen wir in Richtung Süden unser Glück mit der Pirsch. Nach einiger Zeit endeckten wir eine kleinere Herde mit Muffel aber wir konnten keinen Widder ausmachen so schnell waren sie auch wieder verschwunden. Arkosch und ich versuchten es jetzt von der anderen Seite, da kam uns der leichte Wind entgegen. Im Eichenlaub das heute noch nass vom Regen war, konnten wir jetzt relativ lautlos vorankommen. Aber die Zeit verging und wir suchten immer noch nach einer Herde aber wir fanden keine Spuren und auch sonst nichts das auf Muffel deutete. Als wir gegen Mittag zu einem Hochstand kamen ruhten wir uns erst mal aus. Nach einiger Zeit hörten wir hinter uns, gar nicht so weit entfernt einen Hirsch röhren. Dem Röhren nach, einen nicht allzu schweren Hirsch. Ich meinte noch als Scherz gehen wir besser auf den Hirsch, denn der wäre nicht allzu weit entfernt und lachte leise. Der Arkosch holte sein Handy heraus und telefonierte mit jemanden auf ungarisch legte auf und telefonierte wieder diesmal auf deutsch er rief den Schmolz Sepp an und machte mit ihm aus dass er ihn holte in ein paar Minuten. Zu mir sagte er nur, er müsse jetzt weg und er schicke mir jemand anderen zum Pirschen, ich soll derweil hier warten. Eilig rannte er den Steig hinunter und weg war er. Ich war ganz verwirrt und auch ein wenig grantig auf diese Reaktion hin. Ich wartete und hatte innerlich mit meiner Muffeljagd abgeschlossen. Nach einiger Zeit hörte ich einen Geländewagen auf mich zufahren, es war schon früher Nachmittag und meine Hoffnung war schon geschwunden. Der grüne Suzuki hielt bei mir an. Es stieg ein kleinerer Mann aus dem Wagen und er grinste und meinte „ Ich Attila, wir schießen Muffelwidder"? „Wie groß du wollen" ? Jetzt musste ich lachen, „wenn möglich so an die 70 cm". Selbstvertrauen hatte der kleine Mann das muss man ihn lassen. Wir gingen gemeinsam den Weg den er gekommen war weiter hoch und nach einer Viertelstunde nahm er meinen Arm und deutete mir, mich zu bücken. Im Wald vor uns stand eine Herde etwa 140 Meter vor uns, im dichten Eichenwald verteilt. Wir knieten uns nieder, ich machte mein Gewehr schussbereit, Attila versuchte mir zu erklären auf welchen ich schießen konnte. Es standen drei Widder mitten in der Herde beisammen, nervös blickten sie in unsere Richtung, aber der Wind stand für uns günstig. Ich musste aufstehen und versuchte mit dem Pirschstock den besagten Widder ins Visier meiner 30-06 zu bekommen. Ich konnte aber durch das dicke Geäst keinen sicheren Schuss abgeben. Plötzlich setzte sich die ganze Herde rasch in Bewegung, sie liefen aus der Deckung und überquerten den Hohlweg an dem wir standen. Attila imitierte das blöcken eines Widders, worauf die ganze Herde verhoffte und zu uns blickte. Der Muffelwidder den ich wollte stand unmittelbar vor dem Hohlweg, aber das Schussfeld war frei, ich drückte ab der Muffel zeichnete, verharrte noch und setzte sich langsam wieder in Bewegung. Ich repetierte sofort, noch einmal ahmte Attila das Plärren eines Muffels nach, der Muffelwidder verharrte und ich schoss ein zweites Mal, da brach er im Feuer zusammen. Wir warteten noch ein paar Minuten und gingen dann zum Widder der am Wegesrand liegenblieb. Attila steckte dem Muffel den letzten Bissen in den Äser und legte auch einen Bruch auf den Körper danach wünschte er mir ein Weidmannsheil. Ich konnte jetzt die Einschüsse der Projektile sehen, sie lagen eine Handbreit auseinander, aber beide gut im „Leben" wie man so sagt. Dass der

Muffelwidder hart im Nehmen ist hatte ich schon einige Male gehört, aber richtig geglaubt hatte ich es bis dahin nicht. Der Attila hat mir Jagdglück gebracht, so leicht und schnell kann es manchmal gehen mit dem nötigen Segen von „Oben" wohlgemerkt. Wir versorgten den Widder und fuhren zurück zur Unterkunft, wo wir mit einem großen Hallo begrüßt wurden, denn alle wussten natürlich schon bescheid. Dazu muss ich noch erklären die Pirschführer telefonierten sobald sie im Geländewagen saßen, unaufhörlich, das ist schon fast eine Sucht bei denen. Als dann der Schmolz Sepp noch mit einem Hirsch ankam wurde richtig gefeiert, wie es sich gehört nach anstrengender Jagd.

Fuchsjagern isch nit mei Spezialität

Das Ganze begann damit, dass in Tirol die Wettervorhersage fürs ganze Wochenende schlecht, das heißt regnerisch ausfiel. Am Freitag hab ich zuhause noch ein Dachfenster, das in die Jahre gekommen war mit meinen Töchtern Vera und Eva austauschen wollen. Was trotz drohendem Regen noch zeitgerecht erledigt wurde, aber keine Minute später und uns hätte der Regen einen Strich durch die Rechnung gemacht. Am nächsten Tag wartete noch mehr Arbeit auf mich unterhalb des Daches. Am Freitagabend läutete noch mein Handy der Weber Hermann rief aus Samerskirchen an. Nach ein paar Begrüßungsworten rückte er mit der Sprache raus, er hatte am Vorabend eine alte Rehgeiß gefehlt, also vorbeigeschossen. Jetzt, obwohl mit dem Hund nachgesucht, drückte ihn als verantwortungsvoller Jäger das Gewissen. Er wollte, dass ich mit ihm übers Wochenende ansitze um sicher zu gehen was los war. Da ließ ich mich nicht lange Bitten und fuhr, da die Vera ein Rennen mit ihren Whippets in Krenglbach hatte, kurzerhand am Samstag in der Früh mit nach Samerskirchen. Es herrschte ein reger Reiseverkehr und da in dieser Zeit die deutschen Grenzen wieder kontrolliert wurden, nahm es an die vier Stunden Reisezeit in anspruch. Wir richteten uns im Haus ein und dann fuhr ich zum Hermann um zu erfahren was genau los war. Es war so wie am Telefon angedeutet. Er erklärte mir wo ich ansitzen sollte. Die gesuchte Rehgeiß hatte am rechten Lauscher eine weiße Ohrmarke die aber nur auf der hinteren Seite mehr sichtbar war. (Kitze die vor dem Grasschnitt in Sicherheit gebracht werden, markiert man gleich und das in verschiedenen Farben um das Alter sichtbar zu machen). Ich fuhr los, da es leicht regnete und die Chance auf eine Rehsichtung groß war. Mir war ein Bodensitz mit Dach im Wald zugedacht und um diese Jahreszeit, September, hatte ich nicht mehr mit so vielen Mücken gerechnet. Der Sitz war an einer Waldschneise gebaut und ich hatte ein recht gutes Sichtfeld. Die Schneise war an sich gut bewachsen und bot für Rehe sicher eine reizvolle Äsung, dennoch hatte ich keinen Anblick bis es dunkel wurde. Im September wird es im

Wald bei Schlechtwetter rasch zu dunkel um noch Wildtiere anzusprechen. Ich beschloss meinen Ansitz abzubrechen und fuhr in unser Haus. Dort war Vera schon aus Krenglbach zurück, sie war dort für Sonntag als Rennleiterin eingeteilt und hatte alle Vorbereitungen erledigt. Nach einem kleinen Abendbrot, fuhren wir gemeinsam zum Hermann um für in der Früh alles zu besprechen und auch um einen oder zwei Most zu trinken. Der Abend dauerte länger als geplant und so war ich noch recht verschlafen als der Wecker um 05:40 läutete. Nach einer kurzen Katzenwäsche schnappte ich mir mein Gewehr die Rössler Titan Kaliber 6,5x57 und rein ins Auto. Nach kurzer Fahrt ließ ich das Auto beim Doblerhof wo schon Licht brannte stehen. Es war gerade hell genug, dass man den Feldweg einigermaßen erkennen konnte. So leise es ging legte ich den kurzen Fußweg zum Hochsitz zurück. Ich versucht ohne Geräusche auf den Hochstand zu klettern und richtete mich ein. Die Fenster auf drei Seiten klappte ich hoch und blickte gespannt auf die Wiese hinaus. Es war ein regnerischer leicht nebeliger Sonntagmorgen, ich konnte noch überhaupt nichts richtig erkennen leichter Bodennebel verdeckte die Aussicht. Doch langsam wurde es heller die Nebel verzogen sich und die Sicht wurde besser. Links von mir in Richtung der Bundesstraße zog weit oberhalb ein Reh aus, es könnte die gesuchte Rehgeiß sein. Sie zog gerade in einer Entfernung von ca. hundert Meter am Stich wie die Jäger sagen in meine Richtung. Es war noch zu weit um sie richtig anzusprechen. Ich richtete sicherheitshalber mein Gewehr her. Als sie verhoffte, erkannte ich die gesuchte Ohrmarke an der hinteren Seite des Lauschers. Jetzt musste sie nur näherkommen damit ich einen Kugelfang hatte, denn noch stand sie in Richtung der Bundesstraße. Vorsichtig zog sie näher aber immer noch am Stich. Ich hatte sie schon im Fadenkreuz die Entfernung war an die achtzig Meter, also ideal, aber immer noch am Stich. Ich habe vorsichtig den Stecher betätigt (damit reagiert der Abzug auf einen leichten Druck hin). Aber die Rehgeiß stand immer noch am Stich und verhoffte, plötzlich sprang sie unvermittelt mit einem Satz ins nahe Gebüsch. Ich konnte es noch nicht glauben, war mir aber sicher die kommt noch, ich ließ das Gewehr so liegen und wartete. Ich beobachtete die Stelle an der die Geiß verschwunden war im Zielfernrohr, doch nichts rührte sich. Nach einiger Zeit tat mir der Rücken weh von der gebückten Haltung. Sie ließ sich nicht blicken. Ich legte das Gewehr das noch immer eingestochen war ganz vorsichtig auf die Ablage am Fenster in Richtung Wald. Die kommt jeden Augenblick wieder hervor dachte ich. Um sicherzugehen blickte ich auch in die Richtung rechts von mir, sie konnte ja auch hinter mir im Wald vorbeigegangen sein. Tatsächlich sah ich ca. 150 Meter neben mir rechts einen Bock und eine Geiß am Waldrand. Der Bock war ein guter 6er mit langen Enden aber die Geiß war eine höchstens 2-jährige kleine Rehgeiß ohne Kitze oder wenigstens sah ich keine. Wie ich wieder zurück fahre mit dem Fernglas sehe ich was braunes im Feld laufen zuerst denke ich das sind die Kitze doch dann sieht es eher wie eine Katze aus. Dann war mir klar da schnürt ein Fuchs durchs hohe Gras. Ich schnappe mir das Gewehr das noch nach links aus dem Fenster schaut. Drehe es nach rechts und lege es mit dem Vorderschaft auf das Fenster. Jetzt suche ich im Absehen nach dem Fuchs und wie ich die Lauscher sehe bricht auch schon der Schuss. Ich repetiere ganz automatisch nach und verfolge den davon laufenden Fuchs. Als er kurz innehält, schieße ich ein zweites Mal jetzt ohne

Stecher woraufhin ich den Schuss verziehe. Jetzt ist der Fuchs weg, ich hätte mich in diesem Augenblick selbst ohrfeigen können über so viel Unvermögen. Da das Gewehr noch eingestochen war ist es zu früh losgegangen und der Nachschuss wäre ein reiner Glücksschuss gewesen. Einfach zum Ärgern drei Chancen und keine genützt. Voller Ärger bin ich zum Weber hin und hab ihm alles berichtet, er meinte nur trocken „schade, schade" das war sein ganzer Kommentar zu der Geschichte.

Der Sauriegler in der Tschechei

Anfang September hat der „Luxbauer-Klaus" unser Jagdleiter von Samerskirchen eine Einladung per E-Mail ausgeschickt für einen Sauriegler in der Tschechei für Anfang November. Zuerst war mir nicht ganz klar was ein Sauriegler eigentlich ist, aber der Gruber Karl, ein Spezialist in solchen Dingen, hat mich dann eingewiesen, um was es da geht. Also sagte ich zu, habe die Kaution überwiesen und beim nächsten Jägerstammtisch habe ich dann erfahren wer noch aller mitfährt. Wir waren zu sechst angemeldet. Der „Luxbauer" , der Zarbl , der „Kerblzener", der „Branti", der Horst von Windischgarsten und ich als Neuling.

Laut Reiseplan sollten wir um 05:00 von Samerskirchen wegfahren mit dem Branti seinen VW-Bus. Um ca. 08:00 sollten wir in Novo Hardy der Tschechei sein und dort die anderen Jäger treffen. Um 08:30 sollte der erste Trieb losgehen. Jeweils 3 Triebe am Vormittag und dann noch 3 nach dem Mittagessen. So war der Plan. Es war für die Jahreszeit recht mild, aber man weiß ja nie so recht mit der Temperatur und der böhmische Wind ist auch nicht ohne. Im Laufe der Fahrt bei der ich zu Anfang so vor mich hindöste, kam man auf das Thema Bekleidung zu sprechen. Ausgerechnet der Zarbl hat keine lange Unterhose angezogen und da er als recht „derfroren" galt war das natürlich ein gefundenes Fressen für uns alle, ihn zu „sekkieren". Aber als es immer wärmer wurde gab dieses Thema auch nicht mehr viel her. Über die Grenze war alles kein Problem mit den Gewehren und der Munition, auch wenn ich meinen Pass nicht fand. Mein ehrliches Gesicht genügte oder es war dem Grenzer einfach zu lästig mit mir im Kofferraum danach zu suchen. Dann haben wir die kleine Stadt recht zügig erreicht. Wir gaben unser Gebäck zügig in die reservierte Unterkunft und schon ging es weiter. Da wir erst später gestartet sind verging einige Zeit bis wir im Revier waren. Aber so gegen 09.00 ging es los, erstmals mit der Unterweisung durch den zuständigen Jagdleiter in einem gebrochenen Deutsch aber er hat es doch recht verständlich rübergebracht, würde ich meinen. Wir wurden auf mehreren Geländefahrzeugen mit Anhänger verfrachtet und nach einiger Fahrzeit wurde uns dann in Abständen von ca. 50 Meter der Stand zugewiesen. Ich vergewisserte mich dass meine Nachbarn an der Seite meinen Stand wahrnahmen und winkte ihnen deshalb zu. Wenig später wurde zur Jagd angeblasen und das Gebell der Hunde ging los. Die Treiber und die Hunde trieben wie man hören konnte jetzt langsam an. Es dauerte nicht lange da raschelte es im Unterholz und es sprang ein Reh in unmittelbarer Nähe an mir vorbei. Das war aber schon alles was ich in den nächsten Stunden bis zum Mittag an Wildtieren zu sehen bekam. Ich hörte Hundegebell und vereinzelt ein Schuss, aber im Großen und Ganzen tat sich nichts in punkto Wildschweine. Es war aber ein schöner milder Herbsttag, angenehm aber für meinen Geschmack zu ruhig, viel zu ruhig. Zu Mittag wurden wir alle zum Ausgangspunkt der Jagdhütte zurückgefahren. Dort wurden über einem Lagerfeuer Würste gebraten. Es war ein archaisches Mittagsessen, es wurde viel gelacht und eigentlich war man sich einig, heute lässt sich keine Sau mehr blicken. Der Zarbl Sepp sagte „der Willi der schiasst heit no oane" dann meinte er auch noch scherzhalber, er bleibt hier, bewacht das Lagerfeuer und die Bierkiste, damit das eine, nicht ohne dem anderen ausgeht. Inzwischen ist es richtig angenehm warm geworden durch die Sonne und voller Hoffnung fuhren wir wieder los zum nächsten Trieb. Der Zarbl erklärte uns dass hier in der Tschechei die Wälder in so Rechtecke eingeteilt wurden, das stammt noch von der Besatzungszeit durch die Deutschen. Nach diesem rechteckigen Schema wurden wir mit einem Geländewagen samt Anhänger gefahren und auch angestellt. Am Nachmittag waren noch drei Riegler angekündigt, ob es sich mit der Helligkeit ausgeht konnte man noch nicht wissen. Wir fuhren einige Zeit und wurden wieder so angestellt wie am Vormittag. Ich zeigte meinen Nachbarn meine Stellung. Ohne viel Hoffnung lud ich meine 30-06er und stellte mein variables Zielfernrohr auf 4 fache Vergrößerung, denn hier hatte ich zum ersten Mal heute ein Schussfeld von ca. 60 Meter bis zu den ersten Büschen. Es wurde von mir aus gesehen linker Seite die Jagd angeblasen. Sofort, aber in ziemlicher Entfernung hörte man die Hunde losbellen. Die Jagd begann von neuem, auf ein neues Glück dachte ich mir. Ich stellte mich breit auf damit ich einen sicheren Stand hatte, nahm das Gewehr quer vor die Brust. Es blieb alles ruhig, die Treiber mit den Hunden waren noch ein gutes Stück entfernt, doch das Gebell nahm an Lautstärke zu. Ich blickte zu meinen Standnachbarn die auf ihren mitgebrachten Sitzen hockten. Durch ein lautes Rascheln wurde mein Blick wieder zu den Sträuchern gelenkt, doch ich konnte nichts erkennen. Doch da ein weißer Punkt, gefolgt von einem lauten zornigen Gebell. Dann ging alle rasend schnell. Drei gefleckte Drahthaar Terrier bearbeiteten in ca. 60 Meter Entfernung einen gewaltigen Keiler. Ich ging in Anschlag und versuchte den sich drehenden und mit den Hunden kämpfenden Keiler am Blatt anzuvisieren. Doch solange die braven Terrier ihn umkreisten war es unmöglich einen sicheren Schuss abzufeuern ohne einen der Terrier zu treffen. Ich hielt ruhig den Keiler im Fadenkreuz, jetzt nur nicht die Nerven verlieren, es steht nicht dafür für einen Keiler einen guten Jagdhund zu gefährden. Aber anscheinend denken nicht alle Jäger so. Der Schütze rechts neben mir ein Tscheche schoss trotzdem, verfehlte den Keiler der daraufhin eine schnelle Drehung nach rechts machte und zwei der drei Terrier mit seinen Hauern durch die Luft katapultierte. Sie flogen im hohen Bogen, der Dritte war zwei Meter hinter dem Keiler. Ich drückte ab, jetzt oder nie, dachte ich. Ich habe ihn von links vorne in den Träger geschossen, worauf er augenblicklich zusammen brach und liegen blieb. Ich repetierte und wartete, die Terrier begannen augenblicklich den liegenden Keiler zu bearbeiten. Bissen und zwickten ihn und als sie merkten das er tot war, sprangen sie auf seinen Rücken herum ganz so als hätten sie ihn erlegt, so tapfere Burschen sind das. Jetzt erst konnte ich mich entspannen nahm das Gewehr herunter und sicherte es wieder. Von hier aus sah der Keiler gewaltig aus in seinem grauen Kittel. Ich konnte es gar nicht abwarten den Keiler nach dem Abblasen aus der Nähe zu sehen. Der Schütz der den Keiler gefehlt hatte gratulierte mir mit dem Daumen nach oben. Jetzt begann das Warten. Den drei kleinen Helfern wurde der tote Keiler auch zu langweilig und ihre Jagd ging weiter. Sie stoben davon zum nächsten Jagdabenteuer. Es verging einige Zeit bis die Jagd abgeblasen wurde, alle Jagdkollegen riefen mir ihr Weidmannsheil zu und als der tschechische Aufsichtsjäger mit dem Auto kam gingen wir gemeinsam zu „meinem Keiler". Ein herrliches Tier, das silbrige Grau der Decke und gewaltige Waffen ragten aus seinem Kiefer, der Jäger meinte sicher 5–6 Jahre alt. Wir machten sofort ein paar Bilder, um alles der Nachwelt zu dokumentieren. Mit dem Handy heutzutage alles kein Problem. Mein erster richtiger Keiler, ich konnte mein Glück noch gar nicht begreifen. Alle Jäger gratulierten mir überschwänglich und freuten sich mit mir. Beim nächsten Trieb waren meine Gedanken noch immer bei dem Keiler, 120 Kilo und eine geschätzte Waffenlänge von 21 cm das ist etwas

Stolzer Jäger mit seinem Keiler

Gewaltiges für mich. Es wurde rasch dunkel und alle wurden zum Sammelplatz der Jagdhütte zurückgefahren. Dort gab es zuerst ein herzliches Weidmannsheil meiner Freunde. Anschliessend einen würdigen Abschluss mit Jagdhörnern am Lagerfeuer und einer Streckenlegung mit leider nur 6

Schwarzröcken. Da wir in der Tschechei über Nacht blieben wurde natürlich noch viel über die Jagd gesprochen und auch einiges getrunken, wobei der Luxbauer Klaus wieder den schwarzen Peter gezogen hatte da er uns am nächsten Morgen wieder sicher nach Oberösterreich zurückfahren musste. Eigentlich wäre die Geschichte hier zu Ende aber leider hatte es noch ein unliebsames Nachspiel mit dem Präparator der Trophäe. Im nächsten Frühjahr hat mir der Wimmer Hermann meine Keiler-Trophäe bei einem Jagdausflug in Tschechien mitgenommen. So sind wir, der Klaus mit seiner Gitti, der Leo Bachmeier, die Inge und ich zur Mostschenke vom Hermann nach Kopfing gefahren um das gute Stück gebührend in Empfang zu nehmen. Nach einer guten Jause und einigen Krügen Most rückte der Hermann endlich mit der Trophäe heraus. Sie war von der Größe her recht imposant aber leider sehr schlecht verarbeitet, die Nähte an der Brust waren aufgegangen, am Einschuss ist überhaupt nichts geflickt worden, mit einem Wort schlampig. Ich zeigte nicht was ich fühlte aber meine Freude war dahin. Auf der Rückfahrt waren alle recht verhalten, ich überlegte was ich da noch retten konnte. Wir haben doch eine recht kreative Tochter, die

Eva und die wollte ich fragen ob sie mir behilflich ist die Trophäe zu „restaurieren". Mit Acrylspachtel, Farbe und Naturhaarporsten von einem Besen rückten wir dem Keiler ans Leder und es wurde doch noch eine recht ansehnliche Trophäe daraus. Aber meine Schlussfolgerung, man sollte den Präparator und seine Arbeiten kennen den man eine Jagdtrophäe anvertraut um später nicht enttäuscht zu werden.

Gamsjagern im Gasteinertal

Ich als gebürtiger, sozusagen waschechter Tiroler, muss mich ja fast schämen, dass ich nach so vielen Jahren noch nie in den Tiroler Bergen auf eine Gams jagern gegangen bin. Bei einer jagdlichen Veranstaltung in Samerskirchen, Oberösterreich, kam ich mit meinem Jagdkollegen dem Reisinger Sepp aufs Gamsjagern zu sprechen und er erzählte mir von seinen Bergjagden im Gasteinertal, im Bundesland Salzburg. Er schwärmte in den höchsten Tönen vom jagdlichen Reiz und der schönen Bergwelt. Ein guter Freund von ihm der „Roanerbauer" hat dort eine Eigenjagd mit über 300 ha die reicht vom Tal bis zu den Bergspitzen der Gasteinerhöhe. Als er so schwärmte und mir die Jagd in den buntesten Farben ausmalte, fragte ich ihn geradeheraus ob es möglich wäre unter seiner Pirschführung dort auf einen Gamsbock zu gehen. „Willi, des lost sich sicher einrichten, i meld mi bei dir wenn i was genaueres waos". Er berichtete noch über Rotwild und Raubwildjagden im Gasteinertal. Es war eine Freude ihm dabei zuzuhören, wie er in seinen Erzählungen aufging. Er fragte noch mit welchem

Kaliber ich schießen wollte, ich sagte am liebsten wäre mir meine Rößler Titan 6,5/57. „Die passt genau", meinte er noch. Es verging schon geraume Zeit, da traf ich den Sepp wieder und er redete mich an auf was für eine Gams ich jagen wollte, eine Sommer oder eine Wintergams. Ich erklärte ihm dass ich in der Brunft jagen wollte, also beim Gamswild Anfang November wie es das Wetter erlaubte. „Nocha schaug`n mir amol, ob sichs heuer noch ausgeaht", meinte der Sepp. Es vergingen wieder einige Wochen. Da meldete der Sepp sich telefonisch wieder. Er nannte den Preis den der Roaner für einen Einser-Bock verlangte, dieser war durchaus vertretbar und wir vereinbarten einen Termin Anfang November. Der Wetterbericht für die erste Novemberwoche war gut, der Jahreszeit entsprechend nicht zu warm, aber ohne Schnee oder Regen. Wir fuhren erst um zehn Uhr in Samerskirchen los, da der Sepp noch ein in der Nacht in seinem Revier überfahrenes Reh entsorgen musste. Auf der Fahrt ins Gasteinertal, mit dem Sepp seinem Mitsubishi Pajero, versorgten wir uns noch mit Lebensmittel und natürlich auch mit allerhand Getränken. Wir hatten geplant, die ganze Jagd über in der Berghütte vom Roaner zu bleiben da es doch an die 10 km bis ins Tal waren. Auf der Fahrt nach Salzburg meldete der Wetterbericht im Radio von einer Schlechtwetterfront die über Österreich hereinbricht und bis 900 Meter ca. 15 cm Schnee bringen wird. Als wir beim Roaner angekommen sind begrüßte uns die junge Bäuerin mit den Worten, „da habt's ihr euch kein gutes Wetter ausgsucht, soll ich euch nicht doch besser die Zimmer im ersten Stock herrichten"? Wir verneinten mit dem Argument dass es sicher nicht so kalt werden würde, einmal melden sie schön und am nächsten Tag wieder schlecht, da kann man es sich aussuchen. Wie es wirklich wird sehen wir eh morgen. Der Jungbauer, der natürlich ein passionierter Jäger war, kam dann auch noch hinzu und es wurde bei Kaffee und Kuchen noch recht gemütlich in der Küche beim Roaner. Er meinte auch dass es nicht so schlecht wird mit dem Wetter und Holz zum Einheizen ist genug oben in der Hütte da macht ihr es euch nur recht gemütlich. Wir fuhren am späten Nachmittag Richtung Hütte. Es ging steil bergauf ich bin schon viele Bergwege hochgegangen und auch gefahren aber dieser Weg führte richtig steil bergauf. Serpentine auf Serpentine fuhren wir mit dem Pajero den Berg hoch. Große Steinbrocken lagen manchmal auf der Straße die mussten wir zuerst wegräumen um weiterfahren zu können. Nach geraumer Zeit kamen wir an der Hütte an, wir richteten uns provisorisch ein, um anschließend die erste Pirsch zu unternehmen. Wir stiegen hoch zu dem Wendeltreppen-Hochsitz der seinem Namen alle Ehre machte und an einer Baumschneise lag die bis an die Felsen heranreichte. Aber an diesem Abend ließ sich kein Wild mehr blicken. Bei vollständiger Dunkelheit, nur mit unseren Taschenlampen, denn es gab keinen Strom auf der Hütte, machten wir Feuer im Herd. Damit wurde es erträglicher, denn so eine ausgekühlte Berghütte braucht schon einige Zeit um angenehm warm zu werden. Es wurde langsam wärmer und wir richteten das Abendbrot her, es gab eine einfache Jause und Bier dazu. Der Sepp erklärte mir wie er sich die Jagd hier oben vorstellte. „Mir fohrn zu dem Ansitz weiter unten, do sen mir schon vorbeigfohren. In der Friah stian die Gams do gearn. So im Laufe des Toges steign dia Gams dann immer höher und mir folgen ihnen. Gegen Mittag steigen mir dann Richtung Hochalm". So verging der Abend rasch und auch der Vorrat an Bier sank beträchtlich. Aber wir hatten einen guten „Hoangert" wie wir in Tirol sagen. Als ich zur Toilette ins Freie ging da schneite und stürmte es als wäre der tiefste Winter eingekehrt. Nach einiger Zeit war schon alles weiß vor der Hütte. Das Auto war zugeschneit und der Wind pfiff und trieb den Schnee waagrecht vor sich her. „Wenn des aso weiter schneit nocha stean mir bis zu die Knia im Schnee moargen" meinte der Sepp und grinste. Nach etlichen Geschichten und einigen Bieren gingen wir dann schlafen. In der Hütte war es jetzt recht gemütlich, das Feuer prasselte und so schliefen wir auch rasch ein. Am nächsten Morgen haben wir rasch zusammen-gepackt was noch notwendig war für die Pirsch und es ging mit dem Pajero talabwärts zu der am Vorabend erwähnten Kanzel. Es war recht rutschig ohne Schneeketten, denn es hatte so an die fünfzehn Zentimeter geschneit, aber Sepp fuhr doch langsam und sicher hinunter. Wir stiegen auf die gut ausgebaute Kanzel und warteten bis es langsam Tag wurde. Es war schon ziemlich kalt und der Wind pfiff. Doch als das Morgengrauen begann war von Gämsen noch immer weit und breit nichts zu sehen. Wir warteten noch zu und beschlossen so gegen neun Uhr rauf zur Hütte zu fahren um zu frühstücken. Wir machten Feuer im Herd und bereiteten Eier mit Speck zu, ein heißer Tee mit einen Schluck Schnaps, der machte das Gericht ein wenig magenschonender. In einem raschen Tempo ging es zu Fuß anschließend Richtung Hochalm. Wir bestiegen dort den Lärchensitz, der vom Vorabend voll eingeschneit war, wir versuchten diesen leise mit den Händen zu beseitigten, so gut es eben ging. Nach kurzer Zeit erblickten wir die ersten Gams, die Brunft musste schon im Gange sein denn ein Gamsbock bedrängte eine Gams die deshalb immer höher auf die Felsen kletterte. Mit dem Entfernungsmesser kontrollierte ich die Entfernung ca. 220 Meter, weit für einen Schuss aber nicht unmöglich. Der Sepp versuchte die Gämsen anzusprechen, also das Alter zu schätzen. Doch die Gämsen zogen unaufhörlich höher in die Felsen, was das Ansprechen nicht erleichterte. Als der Sepp sagte „der Gamsbock würd passen", waren beide schon über 300 Meter entfernt. Sie zogen über das Berggrat und waren damit aus unserem Blick und Schussfeld verschwunden. Jetzt erst konnten wir uns einigermaßen auf dem Hochsitz einrichten, mein Hosenboden war schon ziemlich nass und so schob ich jetzt einen Regenschutz darunter damit ließ es sich doch etwas angenehmer sitzen. Der Wind kam jetzt wieder stärker auf und es wurde unangenehm kühl bei einigen Grad minus kühlt man dann doch rasch ab. Es zogen am Ende der Hochalm-Wiese wieder Gämsen in unser Blickfeld ein, doch eher jüngere Gämsen, ein vielleicht vierjähriger Bock. Also nichts für uns, aber doch interessant zum Beobachten. Der junge Bock zog ohne ersichtlichen Grund auf einmal quer über die ganze Grasfläche ober uns vorbei in Richtung Osten. Minuten nachdem er verschwunden war raste der junge Bock verfolgt von einem großen schwarzen Gamsbock zurück zu dem Rudel Geißen. In der Mitte der Grasfläche stoppte der schwarze Bock die Verfolgung abrupt und trappte gemächlich wieder zurück. Der Sepp versuchte den Bock auf sein Alter anzusprechen aber das war schwierig. Er verhoffte nie wirklich und zog so an die 130 Meter oberhalb an uns vorbei. Der Bock - soweit ich ihn ansprechen konnte - war ein kapitaler Vertreter seiner Gattung, groß und wendig mit einem erhabenen Benehmen und die Krucken waren soweit gut ausgebildet. Nachher als der Bock verschwunden war meinte der Sepp „der moani hätt gepasst". Vom Berggrat herunter wo vorhin das erste Gämsenpaar verschwunden war, kam langsam eine alte Gamsgeiß herunter, ohne Kitz oder sonstiger Begleitung. Auf einer Entfernung von 300 Meter legte sie sich gemächlich in die Sonne und überblickte so die ganze Fläche, aber da Gämsen bekanntlich nicht die besten Seher/Augen haben brauchten wir uns da keine großen Gedanken zu machen. Da sie aber hohe Krucken hatte wäre sie in Anbetracht des geschätzt hohen Alters durchaus interessant für einen Abschuss gewesen. Als sie sich wieder aufrichtete und Richtung der anderen Gämsen steif und ungelenk hinunterstieg, blieb sie aber immer am Rande der Grasfläche und entfernte sich eigentlich langsam von uns. Gemächlich näherte sie sich dem kleinen Rudel von Gämsen das immer noch auf der Lichtung äste. Es wurde jetzt auf dem Hochsitz durch den Wind so kalt dass ich zu zittern begann und in diesem Zustand wäre in keinem Fall an einen korrekten Schuss zu denken. Wir beschlossen vom Hochsitz herunterzusteigen und unterhalb der Lichtung an die Gämsen die ja in der Sonne standen heranzupirschen. Vorsichtig pirschten wir im Wald den Gämsen entgegen und bezogen hinter einem Baumstumpf Platz. Ich richtete mich ein damit ich jederzeit zum Schuss bereit wäre. In der Sonne war es sofort um einiges angenehmer, die Geiß stand hinter dem Rudel auf 140 Meter, für solche Fälle in einem fremden Revier ist ein Entfernungsmesser immer von Vorteil. Nach einiger Zeit meinte Sepp „alt is se schon dia Goas aber i glab mir woarten auf den Bock vom Vormittag, die Goas kimmt sicher morgen a noamol". Die Zeit verging, das Rudel sprang ab und langsam wurde es finster. In der Dämmerung gingen wir zurück zur Hütte und richteten uns das Abendmahl. Es bestand aus Packtlsuppe und Speck mit Käse und Brot und einem oder mehreren gut gekühlten Bieren. Der Abend verlief wieder lustig mit Geschichten erzählen und nebenbei lief ein kleiner batteriebetriebener Radio mit richtig uriger Volksmusik. Im Laufe des Abends meinte der Sepp „sollte der Bock oder die alte Goas morgen kemmen, don schiassn mir. Wer sich zuerst aunschaugn lasst, der kimmt dran". Es wurde rasch angenehm warm in der Hütte und wenn man den ganzen Tag Wind und Wetter ausgesetzt war, wird man schnell müde in einer warmen Stube. Als wir zu Bett gingen hatte ich ein gutes Gefühl für den morgigen Tag. Kaum im Bett hat mich auch schon der

Schlaf übermannt. Ich schlief tief und fest aber schon läutete der Wecker und eilig wurde alles zusammengepackt. Gewehr, Munition, Fernglas und alles andere kam in den Rucksack, die Bergschuhe gebunden und den Bergstecken fest in der Hand ging es ohne Frühstück bergaufwärts. Der Tag begann ohne Nebel, der Gamshüter, wie der Nebel im Gebirge genannt wird, kann einen schon verzweifeln lassen und die ganze Freude nehmen , doch die Sicht war gut. Kalt war es schon aber beim Gehen wird einem rasch warm. Voller Erwartung stiegen wir eiligen Schrittes den Berg hinauf. Der Schnee unter unseren Schuhen knirschte, der Atemhauch stieg empor. Wir erreichten unser Ziel den Lärchensitz in relativ kurzer Zeit. Sepp kletterte die Leiter hoch und deutete mir ihm zu folgen, als ich mich hingesetzt hatte deutete der Sepp nach oben und flüsterte „iatz kimmt er". Der Gamsbock vom Vortag kam flüchtig den Hang herunter bis zur Mitte der Bergwiese, markierte mit Urin und den Schalen (Hufen) den Boden und stand für kurze Zeit auf ca. 250 Meter. Oben am rechten Ende der Hochalm-Bergwiese zogen vier Stück Kahlwild heraus, bekamen vermutlich unsere Witterung und flohen wieder zurück. Als der Bock dies bemerkte stürmte er wieder der Hang hinauf ohne anzuhalten. Der Sepp versuchte mit einem alten Jägertrick den Bock zum Verhoffen zu bringen und pfiff in seine Richtung. Es wirkte, der Gamsbock verhoffte, breit ober mir, ich drückte ab und der Gamsbock kollerte den Hang herunter. Der Schuss auf ca. 130 Meter war genau hinter das Blatt gegangen und auf der Stelle tödlich gewesen. Ich repetierte trotzdem ganz automatisch und beobachtete das erlegte Tier durch die Optik meines Gewehres. „Weidmannsheil des woar a sauberer Schuss, der hot gepasst", meinte der Sepp. Wir ließen den Gamsbock noch zehn Minuten im Wundbett, dann stiegen wir hoch zu ihm. Nach Verabreichung des letzten Bissens und meinem Schützenbruchs machte der Sepp von mir und meinem Bock ein paar Fotos. Der Sepp zählte die Ringe an den Krucken und meinte ca.8-9 Jahre – der passt so. „Iatz hobm mir ins an Schluck Zielwasser verdient", ich nahm meinen Flachmann aus der Jacke. Nachdem ein jeder einen kräftigen Schluck „Weberischen Schnaps" genommen hatte zog ich den Bock hinunter in den Wald für die rote Arbeit, mit der wir trotz der Kälte zügig vorankamen. „Der Fuchs und die Kolkraben wern sich freuen" meinte der Sepp. Wir banden dem Bock die Läufe zusammen und schoben den Bergstock durch, luden ihn auf unsere Schultern und marschierten mit der schweren Last zurück zur Hütte. Der Bock hat aufgebrochen noch beinahe 30 Kilo meinte ich, der Sepp meinte eher 25-27 Kilo. Der Rückmarsch war schwierig und anstrengender als gedacht, da durch den Wald alles ziemlich ausgetreten und morastig vom Almvieh war. In der Hütte angekommen bereiteten wir bei ausgelassener Stimmung ein kräftiges Frühstück. Der Sepp musste anschließend noch auf Bitte des „Roanerbauers" den Zaun noch für den Winter niederlegen. Ich brachte die Hütte wieder auf Vordermann und spülte das Geschirr in der Zwischenzeit. Den Bock hatten wir hinter der Hütte aufgehängt und ich versuchte noch den Gamsbart von seinem Rücken zu rupfen was, da er noch nicht abgekühlt war gut gelang. Jetzt konnte ich mir auch noch einen Gamsbart binden lassen. Als ich fertig war setzte ich mich noch auf die Bank vor der Haustüre. Es war noch frisch aber die Sonne blitzte immer öfter durch die Wolken und ich war mit mir und der Welt im Reinen. Nach einer erfolgreichen Jagd ist das so ein Gefühl, das kann man nicht beschreiben das muss man erlebt haben. Der Sepp kam von seiner Arbeit zurück und wir luden den Gamsbock und unser Gepäck wieder in den Pajero und fuhren runter ins Tal. Beim „Roaner" angekommen begrüßte uns jetzt der alte „Roaner" und seine Frau, beide eine Legende in Sachen Jagd. Nach einem kräftigen Weidmannsheil gab es noch einige Weidmannsheil Schnäpse und viele Jagdgeschichten. Dem Sepp seiner guten Pirschführung sei Dank, hatte ich trotz des schlechten Wetters noch mein Waidmannsheil. Gegen Nachmittag fuhren wir zurück nach Samerskirchen wo wir am Abend den Gamsbock versorgten und nach alter Tradition noch in einer Runde von Jagdkollegen totgetrunken haben.

Willi 2016 mit dem „Gasteinerbock

Bärenjagd in Rumänien

Im Frühjahr erreichte mich ein Telefonanruf vom Wimmer Hermann, einem Wirt und leidenschaftlichen Jäger aus Kopfing (OÖ), den ich bei einem Saurigler in der Tschechei kennengelernt hatte. Er sagte dass das Präparat von meinem Keiler, den ich im November des Vorjahres in der Tschechei bei eben jenem Saurigler geschossen hatte, bei ihm, in seiner Mostschank zum Abholen wäre. So trommelte ich meine Jagdkollegen aus Samerskirchen (OÖ)zusammen und wir machten uns an einem Sonntag im April auf zur Mostschank in Kopfing. Unser Jagdleiter der Luxbauer Klaus erklärte sich bereit mit seinem Auto zu fahren, seine Frau Gitti und meine Inge fuhren auch mit. Der Leo bei dem wir uns trafen kam alleine zum Treffpunkt hinter seiner Bäckerei. Auf der Fahrt nach Kopfing erzählte der Leo von seinem Braunbärenabschuss in Rumänien. Er musste drei Mal hinunter fliegen nach Rumänien bis er ihn erlegen konnte. So verging die Fahrt rasch nach Kopfing. Bei der Mostschank angekommen begrüßte uns der Hermann freundlich und brachte auch gleich einen Krug mit Most und für alle eine gutes „Marend". Anschließend wurden einige Jagdgeschichten erzählt. Dann brachte der Hermann den präparierten Keiler in die Gaststube und wir besahen die gewaltige Trophäe, so groß hatte ich den Keiler gar nicht in Erinnerung. Beim gemütlichen Beisammensein kam dann das Gesprächsthema erneut auf dem Leo seinen Braunbären. Denn auch der Hermann hatte einen Bären in Rumänien geschossen und beide warteten noch auf ihre Trophäen. Ich brachte, als ich danach gefragt wurde auch recht schneidig nach einigen Krügen Most, meinen Wunsch einen Bären zu erlegen vor. Das ließe sich arrangieren meinte der Hermann, nächstes Frühjahr ist sicher wieder einer zum Abschuss freigegeben. Da in Rumänien die Bären eine regelrechte Landplage wären und die Scheu vor den Menschen teilweise verloren hätten. Da kommt es regelmäßig zu gefährlichen Begegnungen mit diesen Raubtieren, die nicht immer gut für den oder die betroffenen ausgingen. Der Abend verlief recht ausgelassen und wir saßen noch lange beisammen.

Nach einigen Wochen rief mich der Hermann an und erklärte mir dass es im Frühjahr bei seinem Jagdkameraden in Rumänien tatsächlich einen Braunbären zum Abschuss gäbe und ob ich noch Interesse hätte. Nachdem er mir den Preis genannt hat und dieser mir moderat erschien, sagte ich spontan zu. Damit begann für mich die Zeit des Überlegens und nachzulesen alles was es an Literatur zur Braunbärenjagd gibt. Die Zweifel wuchsen ob ich da wohl nicht den Mund zu voll genommen hatte. Bei einer Treibjagd im Oktober erzählte mir der Leo dass die Braunbärenjagd in Rumänien für nächstes Jahr verboten worden ist. Ich war enttäuscht und erleichtert zugleich. Bei einer anderen Treibjagd traf ich den Wimmer Hermann der bestätigte mir, dass der Braunbärenabschuss in Rumänien bis auf weiteres untersagt sei. Aber er meinte noch lachend „Aufgeschoben ist nicht aufgehoben". Für mich aber eher schon. Denn das Schicksal hatte es bis jetzt immer gut mit mir gemeint und man soll sein Glück nicht überstrapazieren.

Zwei auf einen Streich

Den ganzen Winter über standen viele Böcke im Koller Sepp seinem Revier. Das konnte man anhand der Bilder der Wildkamera auch deutlich sehen. Auch im April konnte man sie noch recht zahlreich antreffen. Aber es gab da einen besonderen Bock von vielleicht 3-4 Jahren, der war abnorm und hatte 4 Stangen – auf den waren wir beide scharf. Der war schon was ganz besonderes. Ich selber habe ihn nur einmal ganz kurz gesehen als er oberhalb der kleinen „Kapeller- Kanzel" auszog. Eine erhabene Erscheinung und mit dem 12x56 Fernglas wirkt er gleich nochmal mächtiger und pompöser. Der Sepp hat gesagt wer ihn im Juni zuerst sieht kann ihn erlegen. Den Mai über hatte ich kein Glück mit den Jährlingsböcken, entweder bekam ich keinen zu sehen oder sie waren zu gut. Der Sepp hatte da schon mehr Glück, zwei schmächtige Jährlinge hat er schon geschossen. Ich war noch beruflich in Tirol als der erste Juni ins Land zog und ich wollte am Nachmittag nach Samerskirchen fahren um mein Glück zu versuchen. Als ich um sieben Uhr im Büro eintraf meldete der Sepp per SMS Nachricht am Handy den Abschuss von dem abnormen Bock. Einige Zeit später folgte dann per Mail das erste Foto vom Sepp mitsamt dem erlegten Bock. Ich freute mich aufrichtig für ihn, denn so ein Bock ist schon was Besonderes und den hat er sich wirklich verdient. Die letzten Jahre hat er keinen Bock mehr erlegt wenn man von den Jährlingen absieht. Er wollte bewusst den Bestand schonen damit reife Böcke sich entwickeln können.

Am Nachmittag bin ich mit dem Zug nach Samerskirchen zu unserem Haus gefahren. Nachdem ich mich eingerichtet habe bin ich sofort zum Sepp. Nach dem Weidmannsheil erklärte er mir dass zwei Böcke beim Kapeller die „Siloballen" (in Folie gewickelte Grassilage), bearbeitet haben und so die Schutzfolie zerstörten. Als wir zum „Kapeller" kamen hatte der Jungbauer Matthias schon die fünf beschädigten Ballen neu gewickelt. Ohne weiteres Aufheben vom entstandenen Schaden zu machen berichtete er uns wie das passierte. Beim Raufen haben sie immer wieder ihre

Aggression an den Ballen ausgelassen. Von so einer Aktion hatten wir noch nie gehört aber alles ist möglich, wenn zwei Böcke in Revierstreit geraten. Nach einem Telefonat mit dem Jagdleiter Klaus sagte der Sepp „Wenn die Böcke heute wieder kommen sollten wir oan von die zwoa schießen, damit des koa schule macht". Wir suchten gemeinsam einen Platz zum Ansitzen von wo ich gegebenenfalls schießen konnte. Oberhalb des Gehöfts bot sich ein Platz an, dort wurde eine Graniteinfassung gelagert. Von dort war eine gute Sicht über die ganze Fläche des „Bangert„ (Obstgarten) gegeben. Am frühen Abend bezog ich meinen provisorischen Ansitz, richtete meine 6,5x57 Rössler-Büchse her und begann zu warten in der Hoffnung bald jagdbares Wild in Anblick zu bekommen. So gegen 20 Uhr zog tatsächlich ca. 90 Meter vor mir ein junger Bock aus dem Weizenfeld in die Wiese. Nach der genauen Beschreibung vom Sepp muss das der Jüngere der zwei Streithähne sein. Ich sprach ihn auf etwa 3 Jahre an mit nicht stark ausgeprägtem Gehörn. Mit anderen Worten, der passte. Als ich ihn ins Fadenkreuz nahm hat der Bock mich bemerkt, aber zu spät, da ließ ich die Kugel schon fliegen. Er zuckte kurz, sprang dann ab ins Weizenfeld und dann war alles ruhig. Ich sicherte meine Jagdutensilien – wartete kurz zu und ging dann zum Anschuss. Es war einiger Schweiß am Anschussplatz aber der Bock ist doch noch ins Weizenfeld gesprungen. Da hilft nur mehr ein Jagdhund um den Flurschaden so gering als möglich zu halten. Ich telefonierte mit dem Sepp, denn der hat seinen Attila immer dabei und der hat sich schon oft bewährt und einige Böcke für mich gesucht und auch gefunden. Nach kurzer Zeit war der Sepp mit seinem Attila zur Stelle und begann die Nachsuche. Er schnallte ihm das „Bringsel" an die Halsung. Das „Bringsel" ist ein kurzes Lederteil das der Hund in den Fang nimmt und damit zum Hundeführer kommt und ihm somit anzeigt dass er das Wild gefunden hat und ihn dann zum Stück führt. Attila stürmte sofort los und preschte zuerst gerade in das Weizenfeld, machte nach 15 Meter eine Kurve im rechten Winkel, rannte weitere 10 Meter und kehrte dann auf direktem Weg mit dem „Bringsel" im Fang zum Sepp zurück. Der lobte ihn und mit den Worten „wo isch den da Bock" folgte er Attila in den Weizenacker und bestätigte nach wenigen Metern mit Weidmannsheil meinen Abschuss. Ich holte den Bock aus dem Acker um ihn in Ruhe auf der Wiese zu besichtigen. Der Sepp hat einen Schützenbruch von einer Fichte geschnitten und mir überreicht. In der Zwischenzeit war der Bauer mit seinem Enkel Jakob am Arm zu uns heraufgekommen. Er wünschte mir ebenfalls Weidmannsheil und bestätigte mir, „ genau der war's der die Ballen so zugerichtet hat". Weitere Familienmitglieder der Familie erschienen um den Schadbock zu sehen. Für die rote Arbeit trug ich den Bock aus dem Blickfeld zum unterhalb liegenden „Gellert". Der Sepp half mir und wir fuhren mit dem Bock in der Wildwanne zum Sepp um ihn dort auszuwaschen und zum Abkühlen aufzuhängen. Als die Frau vom Sepp dann aus dem Haus kam bot sie uns noch ein Weidmannsheil-Schnapsl an. „Zuerst muss ich dem Weber Hermann noch Bescheid geben damit er sich auskennt, den der hat den Schuss sicher gehört". Ich rief also den Hermann an, wie es sich gehörte unter Jagdkameraden. Nachdem ich kurz berichtete, vernahm ich ganz leise aus dem Handy, „Ja, ih kun iatz nit laut reden vor mir steht a 3 jahriger Bock, fahr aufer zum Sitz bei der Eiche und schiass den Bock". Vom Jagdfieber gepackt erklärte ich die Gelegenheit dem Sepp und der verdutzten Magdalena das eben Gehörte und eilte zu meinem Auto. Ich fuhr mit leicht überhöhter Geschwindigkeit nach Holzleithen – den Ortsteil von wo der Hermann angerufen hatte, stellte mein Auto neben der Bahn ab und ging zu Fuß wie mir geheißen Richtung Eiche. Mein Herz raste, mit einem überhöhten Pulsschlag kam ich bei der Eiche an und pirschte vorsichtig den Bahndamm hoch bis zur Leiter des Hochsitzes. Von da sah ich in etwa 60 Meter Entfernung tatsächlich den Bock stehen. Er war schwer anzusprechen denn es war in der Zwischenzeit schon recht finster geworden, aber noch ausreichend Büchsenlicht. Als ich versuchte meine Büchse in Anschlag zu bringen äugte er erschrocken in meine Richtung. Geladen und repetiert hatte ich schon beim Aussteigen aus dem Auto. Ich hielt inne, in den Wind hatte er mich nicht bekommen, denn dieser blies sachte in meine Richtung. Als er das Haupt zur Äsung wieder senkte nahm ich ihn ins Visier, er stand noch zu gerade zu mir. Wieder verhoffte er aber dabei drehte er sich leicht und stand jetzt breit zu mir. Eingestochen und schon war die Kugel aus dem Lauf. Er sackte sofort vorne nieder, schlegelte noch mit den Hinterläufen und blieb liegen. Nachdem ich repetiert habe nahm ich ihn sicherheitshalber noch ins Visier und wartete. Da vibrierte wieder mein Handy in der Jackentasche. Hermann war dran, „Weidmannsheil, do brauchst nit warten –hol des Auto damit mir no a Licht hoben zum Aufbrechen". Gesagt, getan, ich marschierte also los zu meinem Auto und fuhr unter der Unterführung durch und den Feldweg hinunter wo ich am Ende des Weges dann auch schon den Hermann sah. Er überreicht mir einen Eichenlaubbruch den er aus dem Wald geholt hatte mit den Worten, „ Weidmannsheil, zwoa Böck in oaner Nacht des isch schon wos bsunders".

Beim Hermann seinem Hof haben wir dann den Bock erstmal aufgebrochen, versorgt und gewaschen. Nach Betrachtung des Kiefers waren wir uns sicher der passte. Die Fanny – die Frau vom Hermann – fragte noch ob wir an Most wollten, aber wir mussten weiter zur Abgabe in die Kühlkammer beim Luxbauer. Dort saßen schon einige Jäger bei einem Umtrunk denn der Denk Herbert hatte auch einen Bock geschossen. So saßen wir noch gemütlich bis spät nachts zusammen.

Damhirschjagd in Ungarn

Das Ziel das ich als Jungjäger immer vor Augen hatte waren meine persönlichen Favoriten des erlegbaren Wildes von Mitteleuropa in den ersten fünf bis sechs Jahren zu erreichen. Rothirsch, Rehbock, Keiler, Gamsbock, Muffelwidder und Damhirsch waren das definierte Ziel. Es gelang mir die ersten fünf der Liste in vier Jahren zu erlegen, bis auf den Damhirsch der war im fünften Jahr noch offen. Über die Kontakte von meinem Jagdfreund Schmolz Sepp nach Ungarn zum Jagdveranstalter Zoltan von Nagyvad Hunting sollte sich das im Oktober 2017 ändern. Der Damhirsch hat seine Brunft Ende Oktober bis Anfang November. Hirsche sollte man nach meinem Dafürhalten in der Brunft erlegen und nach Möglichkeit beim Pirschen. Da ich keinen meiner Jagdkollegen überreden konnte mitzukommen und ich die Reise nicht alleine machen wollte nahm ich meine Frau Inge mit. Der Termin wurde von Zoltan meinem Jagdveranstalter hinausgerückt da er selbst erst ein gutes Revier organisieren wollte, seine Reviere hatten nicht den von mir gewünschten Hirsch. Ich wollte ein Exemplar über 3,5 Kilo erlegen, so mein Plan. Mitte Oktober erreichte mich endlich der Anruf vom Schmolz dass es soweit wäre. Am 23.10 wird es losgehen, alles Weitere machen wir uns aus wenn du in Samerskirchen bist, meinte er recht kurz angebunden am Telefon. Ich fuhr also nach Samerskirchen, denn am 22.Oktober war bei uns eine Treibjagd angesagt und am nächsten Tag sollte es losgehen. Die Treibjagd wurde kurzerhand wegen Schlechtwetter abgesagt. So packte ich alles Nötige für die Jagd und meinen Repetierer CZ 30.06 zusammen, tankte noch am Sonntag meinen Skoda Yeti voll damit ich in aller Frühe starten konnte. Der Regen ist in der Nacht immer stärker geworden so dass ich davon um vier Uhr wach wurde. Da auch Inge wach war beschlossen wir uns auf die Reise zu machen. Nach einem kräftigen Frühstück - das Auto war schon am Vortag beladen worden - fuhren wir in Richtung Ungarn zu einem neuen Jagdabenteuer. Es regnete ziemlich stark, es waren zu dieser Uhrzeit aber nicht so viele LKWs unterwegs. So gegen 7.00 Uhr begann sich langsam das Grau des Tages anzukündigen. Der Verkehr nahm Richtung Wien stark zu und so blieb es bis zur ungarischen Grenze. Vorher in Nickelsdorf tankten wir nochmal voll und nach der Grenze kauften wir die Autobahnvignette für Ungarn. Der moderne Wegzoll der neuen Raubritter. Jetzt fuhren wir weiter Richtung Györ wobei der Schwerverkehr komplett verschwand. Später erfuhren wir, dass in Ungarn der Nationalfeiertag in Erinnerung an die ungarische Revolution von 1956 gefeiert wurde. In Györ kam zum Regen starker Wind dazu. Gut für die stromerzeugenden Windräder die in großen Mengen links und rechts der Autobahn standen. Da mein Navi im Auto schon einige Jährchen am Buckel hatte war die Umfahrungsautobahn von Budapest noch nicht eingezeichnet. So machten wir unfreiwillig eine Stadtbesichtigung durch Budapest. Danach ging es zügig bei Wind und Regen weiter bis Batonyterenye zur Pension Szelkakas. Der Zoltan hat am Telefon von einem Hotel gesprochen aber die Bezeichnung Pension trifft es eher. Als wir ankamen war alles schon reserviert und mit meinem Schulenglisch kamen wir zu unserem

Zimmer und zu einem ausgezeichneten Mittagessen. Während wir zu Mittag aßen kamen Zoltan und der Revierpräsident wie ihn uns Zoltan vorstellte. Nach einigen Formalitäten stellten sie mir den Pirschführer für heute vor, er hieß Chabi und war nach meiner Einschätzung Mitte dreißig, groß kräftig und mit Vollbart. Er sah aus so wie man sich einen richtigen Jäger vorstellt und konnte sogar einige Worte auf Deutsch. Der Zoltan erledigte alle weiteren Formalitäten während ich meine Jagdkleidung anzog. Jetzt in meinem grünen Outfit mit meinem alten Hut und den hohen Schaftschuhen und meiner 30.06 am Riemen über den Rücken hängend konnte es losgehen. Die Inge wollte eine Stadtrunde machen während ich auf der Pirsch war. Chabi hatte einen uralten klapprigen Pick-up keine Ahnung was das für eine Marke war. Wir fuhren so an die 10 km in die Wälder, vorher trug er uns in ein Revierbuch ein mit meiner Jagdkartennummer es musste ja alles seine Richtigkeit haben. Es hat in der Zwischenzeit man glaubt es kaum noch stärker zu regnen begonnen. Als wir vor dem Laubwald aus dem Auto stiegen konnte ich schon leise für mich undefinierbare Laute hören. Es hörte sich an wie das

Grunzen von Schweinen und dazwischen hohe quietschende Laute. Ich kann das nicht richtig beschreiben, das muss jeder für sich selbst herausfinden, wenn man die Möglichkeit dazu hat. Das Lautrepertoire des Damhirsches ist sehr differenziert. Es wird in der Fachliteratur zwischen Blöken, Miauen, Fiepen, Schrecken, Klagen und dem Brunftruf unterschieden. Wir marschierten in diese Richtung aus der wir die Laute, (ich will sie für diese Geschichte alle unter Blöcken und Fiepen einordnen) vernahmen, es ging steil bergan und durch den Regen hat sich das am Boden liegende Laub nassgesoffen und raschelte deshalb nicht, aber dafür war es sehr rutschig. Immer wieder sah man schemenhaft durch den Wald Umrisse von Damwild. Gebückt schlichen wir immer höher, der Regen hatte nachgelassen und immer wieder tauchten vor uns Damwild-Hirsche und Tiere auf. Aber immer nur für kurze Zeit und da sie nicht verhofften konnten wir sie auch nicht ansprechen. Den Blöcken nach zu urteilen waren wir vom Brunftplatz nicht mehr weit entfernt. Chabi kontrollierte ständig die Windrichtung mit einer kleinen Sprühflasche. Als wir schon ziemlich nahe waren drehte der Wind plötzlich. Wir mussten den

Brunftplatz jetzt von der anderen Seite her angehen. Also wieder ein Stück zurück und dann stark gebückt wieder in die Richtung aus der wir das Blöcken hörten. Es war ein einzigartiges Erlebnis. Das Blöcken kam aus allen Richtungen, immer öfter tauchte Damwild vor einem auf. Alle Hirsche waren ständig in Bewegung, kaum waren sie angesprochen waren sie auch schon wieder fort. Deutete Chabi in eine Richtung war der Hirsch entweder stark von Bäumen verdeckt oder er war schon wieder außer Sichtweite. Seitlich kämpften zwei jüngere Hirsche um ihren Rang in der Hierarchie. Es war überall Hochbetrieb dazu das laute Blöcken und Fiepen. Immer öfter zog Damwild relativ knapp an uns vorbei. Wir drückten uns so gut es ging an den Boden und verhielten uns ganz ruhig. Ich war schon am Verzweifeln denn die Zeit verging im Fluge und es wurde auch schon langsam dunkel. Plötzlich deutet Chabi aufgeregt nach unten – dort stand ein kapitaler Hirsch. Er verhoffte hinter einem dicken Ahornbaum. „Schießen, Schießen" flüsterte Chabi ganz aufgeregt. Ich versuchte meine 30.06 an einem Baum anzustreichen um einen sicheren Schuss anzubringen doch das Blatt war verdeckt. Der Hirsch äugte zu uns hoch und war auch schon wieder fort. So erging es mir noch zweimal aber an einen sicheren Schuss war nicht zu denken. Da drehte auch noch der Wind und der Brunftkessel war augenblicklich leer. Da es schon zu dämmern begann gingen wir zu unserem Auto zurück. Jetzt bemerkte ich erst, dass es immer noch stark regnete. Auf der holprigen Rückfahrt ins Hotel meinte Chabi: „morgen wird es sicher besser und morgen um sechs Uhr versuchen wir es wieder". Im Hotel trocknete ich erst mal das Gewehr ab und hängte meine nassen Sachen im Zimmer auf damit sie morgen wieder trocken waren. Nach einer heißen Dusche gingen Inge und ich runter ins Restaurant. Wir speisten sehr gut und nach einigen Gläser Wein merkten wir erst, dass wir ja schon seit vier Uhr wach waren. Ich versuchte noch an der Rezeption zu erklären, dass ich um 05:30 gerne ein kleines Frühstück für mich hätte. Anscheinend war es kein Problem, so gingen wir recht früh zu Bett. Ich muss gestehen dass ich schlecht geschlafen habe. Der Straßenverkehr war gut ins Zimmer zu hören was meinem Schlaf recht abträglich war. So war es kein Wunder dass ich schon um vier Uhr dreißig wach war. Nach einer erfrischenden Dusche schlüpfte ich in meine wieder trockenen Jagdsachen. Als wir, Inge ist auch schon wach geworden, in den Speisesaal kamen war natürlich kein Frühstück hergerichtet, nur die Putzfrau schrubbte den Boden. Nach einigem hin und her richtete diese dann ein notdürftiges Frühstück für uns. Inge wollte in der kleinen Stadt einige Einkäufe während des Tages erledigen. Der Kaffee hat die Lebensgeister in mir wieder geweckt so ging ich frohen Mutes zu unserem Treffpunkt am Parkplatz. Es war ein wolkenloser schöner Herbsttag, nach kurzer Zeit hörte ich dann das Rattern eines alten Pick-up, es war aber zu meiner Überraschung nicht der erwartete Chabi sondern ein neuer Pirschführer, er stellte sich als Zoli vor. Zu meinem Leidwesen sprach er kein Deutsch und auf meine Frage auf Englisch lachte er und schüttelte den Kopf. Wird schon werden dachte ich mir, bei dem schönen Wetter passt das dennoch. Wir knatterten, anders konnte man es nicht nennen, in dasselbe Revier wie Vortags nur fuhren wir dann im Revier etwas nördlicher. Über die internationale Fingerzeichen-sprache machten wir das Geweihgewicht fest. Zoli machte einen schroffen, entschlossenen, ruhigen Eindruck, mal sehen wie es wird, dachte ich. Als wir ankamen ging er ohne auf mich zu warten einfach Richtung Wald von wo wieder dieses Blöcken und Fiepen zu hören war. Er ging sehr rasch, prüfte den Wind um dann einem kleinen Bachlauf folgend bergaufwärts zu gehen. Der Bach hatte sich tief in die Erde eingegraben so dass wir stellenweise ca. drei Meter unter dem Bachufer gingen. Das Blöcken und Fiepen nahm rasch zu. Wenn wir über den Rand blickten konnten wir schon vereinzelt Hirsche und Kahlwild entdecken die alle in eine Richtung zogen. Die Sicht war um einiges besser als am Vortag nur eben immer noch sehr rutschig trotz meiner guten Bergschuhe. Es zogen Hirsche und Kahlwild in unmittelbarer Nähe an uns vorbei ohne uns zu beachten. Der Lärm von dem Blöcken war schon sehr laut und jetzt sah man auch den Brunftkessel in ca. achtzig Meter Entfernung oberhalb des Baches in dem wir standen. Der Zoli deute hinauf und signalisierte mir durch krümmen des Zeigefingers dass ich schießen könnte. Ich blickte über das Zielfernrohr in die Mitte des Brunftkessels. Dort waren zwei dominante Hirsche ständig am Blöcken und sie scharrten mit den Schalen. Aber sie verhofften nicht, sie waren alle immer in Bewegung. Ich blickte fragend den

Zoli an der machte immer noch dieselbe Bewegung mit dem Zeigfinger. Ich strich das Gewehr jetzt fest an den schmalen Stamm des Ahorns an und dachte der Nächste im Brunftkessel der mir das Blatt auch nur für den Bruchteil einer Sekunde in Ruhe zeigt den erlege ich. Aber das dauerte. Damtiere kamen wieder dazwischen, ich verharrte in dieser knienden Stellung damit ich nicht abrutschte. Da, der Hellere der zwei Kontrahenten mein eigentlicher Favorit verhoffte kurz. Eingestochen, das Fadenkreuz knapp hinter dem Blatt und schon ließ ich die Kugel fliegen. Der Hirsch bäumte sich auf, zeichnete stark und nach zwei Meter fiel er den Abhang herunter. Ich repetierte ganz automatisch und blieb mit dem Fadenkreuz am Hirsch, doch dieser bewegte sich nicht mehr. Zoli wollte schon nach oben aber ich deutete ihm noch zu warten. Alles Damwild war verschwunden nach dem Schuss. Ich blickte auf meine Uhr es war Punkt acht. Nach zehn Minuten stiegen wir dann nach oben zum Hirsch. Zoli legte einen Eichenbruch auf den Hirsch, benetzte einen kleineren Eichenbruch mit Schweiß und überreichte ihn mir ganz förmlich. Was er dazu auf Ungarisch sagte verstand ich nicht, aber ich nehme an es war seine Art

Weidmannsheil zu sagen. Wir zogen mit einem Seil das Zoli im Rucksack hatte, den Hirsch bis an das unter Ende des Hügels, was sich leichter anhört als es war. Dort brachen wir ihn gemeinsam auf und Zoli holte den Pick-Up. Jetzt konnte ich erstmal durchatmen und die Freude in mir war riesig, geschafft dachte ich. Von weiten hörte ich das Auto, ich versuchte noch Inge zu erreichen aber da war kein Empfang für mein Handy. Ich stieg auf die Ladefläche des Pick-Ups und zog den Hirsch mittels Seil herauf. Vorsichtig fuhren wir den rutschigen Weg aus dem Laubwald heraus, auf den Wiesen wo die Sonne schien begann Zoli sofort zu telefonieren. Nach kurzer Zeit läutete mein Telefon, Zoltan war dran und gratulierte mir. Ich fragte ihn ob er es wohl organisieren könnte dass der Vorschlag des Hirsches präpariert würde. Ich reichte Zoli mein Handy und Zoltan erklärte ihm alles Nötige auf Ungarisch. Am Hotel angekommen habe ich die Inge angerufen und ihr die guten Neuigkeiten erzählt. Die Rückfahrt nach Oberösterreich erfolgte noch am selben Tag, diesmal bei strahlendem Sonnenschein wenigstens bis zur österreichischen Grenze. Am Abend wurde der Hirsch mit meinen Jagdfreunden noch gebührend gefeiert.

Treibjagd in Samerskirchen

Der Herbst mit seinen freundlichen Farben zog wieder ins Land und das heißt in Kürze würden die Treibjagden auf Niederwild, in der Hauptsache Fasan und Hasen beginnen. Der Luxbauer Klaus, der Jagdleiter, verkündete die fünf Termine ganz modern Via E-Mail und über WhatsApp. Heuer sollten die Jagden früher beginnen also so gegen Mitte Oktober. Wegen der großen Nachfrage der Gasthäuser für Hasen. Aber es wurde nichts daraus, der erste Termin viel einem Starkregen zum Opfer. Den darauffolgenden Samstag ging es dann doch endlich los. Das Wetter war leicht bewölkt und relativ warm für die Jahreszeit. Nach der Begrüßung erklärte der Jagdleiter Klaus die Verhaltensregeln, das Thema Sicherheit wird bei solchen

Gesellschaftsjagden groß geschrieben. Dann endlich konnte es losgehen. Den Anstellern wurden die Jäger zugeteilt und leichten Schrittes ging es zum ersten Trieb. Nach einiger Zeit hörte man die Treiber, meist Buben aus dem Dorf und als Aufsicht zwei Pächter und die Ausgeher der jeweiligen Reviere. Nur selten hörte man Schüsse. Nach einer halben Stunde war der erste Trieb durch und auf der Strecke lagen vier Hasen und ein Fasanenhahn. Vor fünfzehn Jahren war es noch gut das Fünffache das auf diesen Trieb zusammenkam. Die Klimaerwärmung, warme trockene Winter, dafür nasse kalte Frühjahre. Der drastische Rückgang der Fluginsekten, durch die Spritzmittel hatte auch dazu beigetragen das die Population von Niederwild stark abnahm. Es ist alles ein Kreislauf den wir Menschen stören und irgendwann werden wir selbst die Rechnung zahlen müssen. Früher haben die Bauern dreimal gemäht, jetzt fünf bis sechsmal und alles was dem Mähwerk zu nahe kommt wird unweigerlich gehäckselt. Mir ist schon klar, dass nichts so beständig ist wie der Wandel. Trotzdem muss uns klar sein das wir nicht die Besitzer sondern die Verwalter der Erde für unsere Kinder sind. Ich möchte nicht alles schlecht machen, dazu fehlen mir auch die fachliche Kompetenz und die nötigen Informationen. Denn vieles was in den Medien über Klimawandel und Treibhauseffekt transportiert wird, entbehrt jeder Vernunft und wird auch gezielt von großen Konzernen gestreut. Diese düsteren Gedanken gingen mir durch den Kopf als wir zum nächsten Trieb marschierten. Auch da war es nicht besser, was auch zu erwarten war. Bei schönen und warmen Wetter und guter Laune ging es den ganzen Tag so weiter, aber der fahle Beigeschmack dieser unsicheren Zukunft blieb. Die Strecken waren mager, die Stückzahlen sinken. Beim Jagdschluss wird nach Gründen gesucht, jeder hat für sich eine andere Antwort und Wahrheit gefunden, doch wirklich ändern tut sich nichts.

Wieder amol an „Sauriegler"

Mein Jagdfreund der Bäcker Leo, hat ganz neumodisch per WhatsApp eine Einladung zum Sauriegler versandt. An einem Wochenende in der Tschechei beim Karel. Da war ich schon mal und habe noch gute Erinnerungen daran denn da hab ich meinen ersten richtigen Keiler erlegt. Es war erst September und ich wollte es mir noch überlegen, aber im Unterbewusstsein war schon klar wenn es sich beruflich vereinbaren lässt, bin ich dabei. Bei der zweiten Treibjagd in Samerskirchen hab ich zugesagt und das Standgeld bezahlt welches nicht teuer war. An einem Samstag im November, gegen 05:00 ging es los. Mit dem Bus vom „Brandi" – eines pensionierten Lehrers und ambitionierten Jägers, begann die Reise Richtung Tschechien. Als Fahrer hat sich der Luxbauer Klaus angeboten. Es war nicht sonderlich kalt als wir einige Stunden später in Novo Hardy ankamen. Wir wurden vom dortigen Jagdleiter auf Tschechisch eingewiesen, das Ganze wurde sinngemäß von einem aus Tirol stammenden Jäger übersetzt. Auf einem offenen Anhänger wurden wir ins Revier gebracht und der Reihe nach angestellt. Ich hab beim ersten Trieb nur einen Fuchs im Eiltempo an mir vorbeiflüchten gesehen, sonst leider nichts. Schüsse habe ich auch keine gehört. Also war nichts los, wir wurden wieder eingesammelt und zum Mittagessen gebracht. Es gab Schweinswürstel über offenem Feuer von jedem selbst gebraten, dazu gab es Tee. Am Nachmittag beim nächsten Riegler war bei mir auch „tote Hose" aber wenigstens vereinzelt hörte man Schüsse. Meine und auch die Laune meiner Kollegen sank und vereinzelt hörte man schon ein Murren der Jägerschaft. Der letzte Trieb, war ein dichter Jungwald es sah vielversprechend aus. Wir umstellten den ganzen Wald, hinter mir war eine offene freie Fläche, also eine gute offene Schussbahn mit einem Hügel als Kugelfang. Ich stellte mich ganz nahe ins Gestrüpp um herannahende Wildschweine gut hören zu können bevor sie auf das offene Feld herausbrachen. Sollten wir doch noch was vor die Büchse bekommen, wollte ich bereit sein. Ich hörte die Treiber die das

Gehölz durchtrieben, als unmittelbar links von mir ein braunes Etwas aus dem Gestrüpp brach. Ich zog meine .30-06 an die Schulter und im mitziehen konnte ich einen geringen Überläufer ausmachen. Da krachte auch schon ein Schuss. Die Wildsau zuckte leicht lief aber unbeirrt weiter, dann zog ich durch und der Überläufer brach im Feuer zusammen. Der Schütze links von mir der den ersten Schuss abgefeuert hatte zog den Hut in meine Richtung als eine Art von Weidmannsheil. Ich dankte in derselben Form zurück. Ich hörte noch einige Schüsse da brach weit unter mir ein gewaltiger Keiler aus dem Holz aber er konnte nicht gestreckt werden. Als abgeblasen wurde ging ich zu meinem Wildschwein, es war wirklich schwach im Wildbret, maximal 30 Kilo. Mein Schuss war exakt am Blatt, als ich es umdrehte sah ich daß es durch den ersten Jäger am Bauch aufgerissen war, kein schöner Anblick als das Gescheide sichtbar wurde. Ich hab den Überläufer an Ort und Stelle aufgebrochen um ihn anschließend zum Sammelplatz zu ziehen. Es waren vier Sauen und drei Rotwildtiere dort, alle von den Sinzinger- Jägern erlegt. Es wurde alles für eine feierliche Streckenlegung vorbereitet wo jeder Schütze seinen Schützenbruch erhielt, anschließend fuhren wir weiter zu unserer Pension zum Übernachten. Als wir eingecheckt und unsere Zimmer bezogen hatten ging es zum wohlverdienten Schüsseltrieb in die Gaststätte. Wir feierten angemessen da es morgen wieder galt einen klaren Kopf zu haben. Es war dennoch sehr lustig. Die Getränke wurden von der Familie Sinzinger bezahlt da sie als einzige außer mir zum Schluss kamen, dafür aber jeder von ihnen, immerhin vier gestandene Jäger. Es war eine ruhige Nacht, ich schlief tief und fest. Nach einem kräftigen Frühstück ging es zur Einweisung. Anschließend fuhren uns die einheimischen Jäger zu den zugewiesenen Ansitzen damit die Drückjagd beginnen konnte. Kaum dass ich meinen Stand bezogen hatte krachte es schon bald hinter mir dann wieder vor mir, mir wurde klar ich stand mitten im Trieb, was mir nicht so behagte. Ich wusste nicht aus welcher Richtung das Wild zu erwarten war. Von links schnürte ein Fuchs auf mich zu als ich versuchte die Büchse an die Schulter zu ziehen da war er schon im Unterholz verschwunden. Es war empfindlich kalt mit der Zeit spürte man es immer mehr. Ganz leise am Ende der Lichtung drückten sich zwei Rehe zwischen den Bäumen durch. Rehe waren aber nicht freigegeben, somit blieb es beim Beobachten. Später liefen auf der hinteren Seite drei Muffelschafe vorbei, leider waren sie auch nicht freigegeben. Immer wieder hörte ich Schüsse. Plötzlich ein Krachen aus dem dichten Unterholz und eine Sau mit ca. zehn Frischlingen liefen schräg an mir vorbei. Eine führende Sau beschieße ich nicht und die Frischlinge waren noch zu klein. Also wieder nichts. Einige Zeit später zogen dort wo die Muffelschafe vorhin herauskamen, zwei Rehe daher. Da das hintere Reh auffällig mit den Hinterläufen daher stieg sah ich es mir im Fernglas genauer an. Es hatte etwas Graues hinter dem Bauch und dem Gesäuge. Ich dachte ihm wurde durch einen Schuss oder Unfall die Bauchdecke geöffnet und daß Gescheide hängt heraus. Ich schnappte mir meine 30-06 - fuhr mit dem Gewehr mit und als es verhoffte auf ca. hundert Meter ließ ich die Kugel, fliegen. Es zeichnete stark, drehte das Haupt in meine Richtung und verschwand hinter dem Baum. Es regte sich nichts mehr. Hundeführer und Treiber zogen vorbei und dann war die Drückjagd vorbei. Ich wurde mit dem Pick-up wieder abgeholt. Dem Fahrer versuchte ich zu erklären was sich bei mir zugetragen hatte und deutete in die

Richtung wo das Reh liegen sollte. Als wir Nachschau hielten fanden wir viele Schnitthaare am Anschuss aber keinen Schweiß und auch kein Reh. Ein ungutes Gefühl beschlich mich. Unverständlich, aber der Fahrer drängte zur Eile und erklärte er werde nachher einen Hunde-führer zur Nachsuche herschicken. Nach kurzer Strecke am Rückweg stand ein anderer Pick-up am Straßenrand dort hielten wir, da sich zwei Hunde mit ihrem Führer dort befanden. Der Fahrer stieg aus und deutete in die Richtung aus der wir kamen was er sagte konnte ich nicht verstehen. Der Hundeführer grinste plötzlich übers ganze Gesicht und kam zu mir, zog ein Smartphone aus der Jacke und zeigte mir ein Bild von dem Reh das ich geschossen hatte. Sie haben es beim Trieb gefunden und mitgenommen. Auf meine Frage was das Graue wäre das man am Bild gut erkennen konnte antwortete er nur „Tumor". Sie suchten das Reh schon seit einiger Zeit, da es schon früher gesehen wurde. Bei der anschließenden Streckenlegung war das Reh nicht dabei. Aber mein Jagdfreund Horst, der sieben Jahre lang bei den Riegler- und Drückjagden in der Tschechei kein Glück hatte und nicht einen einzigen Schuss abgab hatte diesmal ein richtiges Weidmannsheil zwei Keiler, ein

Überläufer und zwei Rotwildtiere. So fand dieser Jagdausflug noch einen freudigen Abschluss. Der Rest der Truppe fuhr leider als „Schneider" nach Samerskirchen zurück.

Nachwort:

Ich hoffe sie verehrte Leser haben eine kurzweilige Zeit verbracht und vielleicht ein paar Anregungen gefunden. Die Geschichten haben sich wirklich so zugetragen mit etwas Jägerlatein vermischt, man soll nicht immer alles auf eine Prüfwaage legen. Aber das gilt nicht nur für dieses Büchlein sondern für das ganze Leben.

Mit einem Weidmannsheil

Wilfried Hueber 2018